書下ろし

忘憂草（わすれぐさ）

便り屋お葉日月抄⑨

今井絵美子

祥伝社文庫

目次

花卯木 7
はた神 75
忘憂草 149
雁が音 219

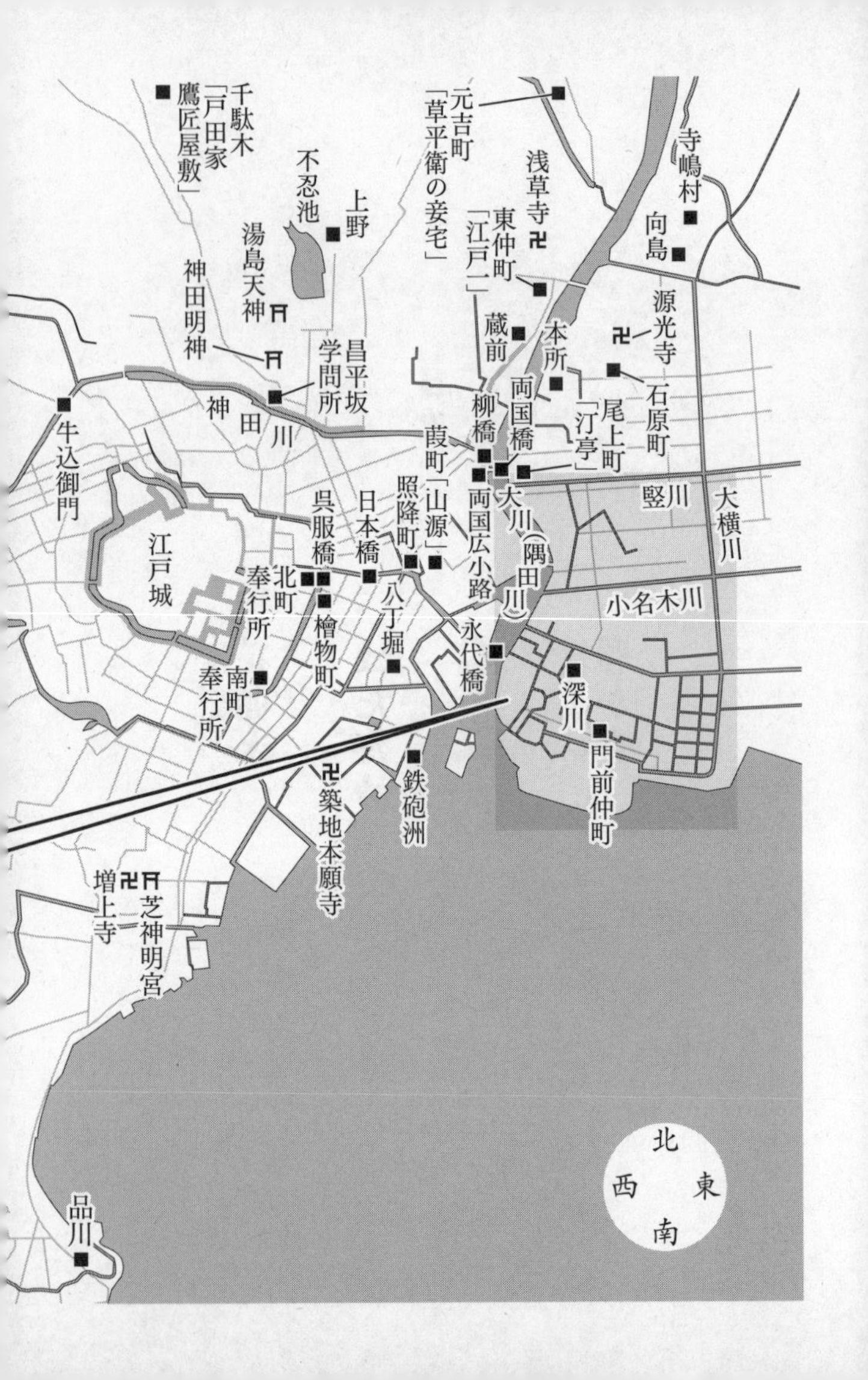
寺嶋村
向島
源光寺
石原町
尾上町
「汀亭」
竪川
大横川
小名木川
深川
門前仲町
元吉町
「草平衛の妾宅」
浅草寺
東仲町
「江戸二」
蔵前
本所
両国橋
柳橋
葭町「山源」
両国広小路
大川（隅田川）
永代橋
照降町
日本橋
呉服橋
八丁堀
鉄砲洲
築地本願寺
千駄木
「戸田家
鷹匠屋敷」
不忍池
上野
湯島天神
神田明神
昌平坂
学問所
神田川
牛込御門
江戸城
北町
奉行所
檜物町
南町
奉行所
増上寺
芝神明宮
品川
北
西
東
南

「忘憂草」の舞台

雑司ヶ谷
「内田家
鷹匠屋敷」
市ヶ谷
柳町
深川
本所林町
竪川
二ツ目橋
六間堀
松井町
「川添道場」
御船蔵前町
要律寺
彌勒寺
北森下町
「とん平」
北ノ橋
菊川町
南森下町
万年橋
海辺大工町
「便利堂」
御徒組屋敷
新高橋
清住町
高橋
小名木川
扇橋
本誓寺
山本町
「かすみ亭」
佐賀町
「医師・
添島立軒宅」
伊勢崎町
霊巌寺
浄心寺
松永橋
材木町
大横川
油堀
海辺橋
亀久橋
富岡橋
福永橋
永代橋
奥川町
伊沢町
仙台堀
永代寺
富岡
八幡宮
冬木町
一の鳥居
門前仲町
木場
「材木商・滝匠」
熊井町
「千草の花」
八幡橋
黒江町
黒船橋
「眠れる花」
門前町
入船町
「米倉」
蓬莱橋
汐見橋
蛤町
日々堂

地図作成／三潮社

花卯木（はなうつぎ）

お葉が猫のシマを膝に抱き蚤取りをしていると、友造が文を手に茶の間に入って来た。

「女将さん、えっ、何をしていらっしゃるんで？」

友造が訝しそうな顔をする。

「見ての通り、蚤を取ってやってるんだよ。面白いくらいに取れてさァ！　ほら、こうして指で毛を掻き分けてっと……。ほらごらん、いただろう？　それを親指と人差し指の間に挟んで、プチュッと潰す……。どうだえ、上手いもんだろ？」

お葉がどうだとばかりに鼻蠢かす。

友造は呆れ返った顔をした。

「へえ、そりゃ確かに……。けど、シマの奴、よく動かずにじっとしていられるもんでやすね」

「気持がよいんだもの、当たり前だろ！　それより、あたしに何か用があったんじゃないのかえ？」

　友造はあっと手にした文に目をやり、

「葭町から廻ってきた文の区分けをしてやしたら、その中に女将さん宛の文が混じってやしてね……。封を返して差出人の名前を見たら、なんとこれが山源の総元締からじゃないですか……」

　と、お葉に文を差し出した。

「どれどれ……。確かに総元締からの文だが、それにしては筆蹟が違うようだが……。友造、宰領（大番頭格）を呼んできておくれ。見世にいるんだろ？」

「ええ、おいでですが……。では、呼んで参りやしょう」

　友造が見世に戻って行く。

　お葉は首を傾げた。

源伍の文字をそう度々目にしているわけではないが、甚三郎が山源から独立してここ深川黒江町に日々堂を出す際に、大川を挟んで西が山源、東を日々堂の集配区分とすると互いに交わした念書や、中元、歳暮への礼状の文字に比べ、此度の文字はどう見ても弱々しく、恰も女ごの手になる文のようではないか……。

とは言え、此の中源伍は病の床にあり、これまでのような力強い文字が書けなく
なったとも考えられる。
が、どっちにしたって、中を確かめてみるに越したことはない……。
お葉はそう思い直すと、封を解いた。
そこに、宰領の正蔵が入って来た。
「お呼びでやすか?」
「ああ、総元締からの文なんだが、それにしては、文字が違うように思えてさ……。
けど、どっちにしたって、何を言ってきたのか中を確かめるのが先だと思ってさ
……。おやまっ、あたしに話したいことがあるんで、葭町まで来てくれないかだって
さ……」
お葉が文から顔を上げ、話ってなんだろうね?と正蔵に目まじする。
「それだけでやすか?他には何も書いてねえんで?」
「嘘だと思うのなら、おまえも読んでみるといいさ」
お葉が正蔵に文を渡す。
「ねっ、言ったとおりだろう?それより、どう思うかえ?これはどこから見て
も、総元締の文字じゃないよね?」

「ああ、違う。これは女ごの文字のように思うが……」

正蔵も怪訝そうに首を傾げる。

「だよね？　てことは、総元締は文字も書けないほど弱っていなさるってことかえ？」

「そうとしか考えられやせんね。だが、これが総元締の書いたものでねえとすると、一体、誰が書いたのでしょう……」

「女ごだとして、正蔵、心当たりはないのかえ？」

お葉に瞠められ、正蔵が途方に暮れたような顔をする。

「そう言われても……。なんせ、旦那とあっしが山源を出たのは十九年も前のことで、あの頃、山源の奥向きを仕切っていたのはお桑という女ごだが、当時、お桑は五十路もつれでやしたからね。するてェと、現在は七十路ってことか……。それに息災でいるのかどうか、それすら判らねえ……。他にもお端女は何人かいたんだが、なんせ昔のことで、名前も顔も浮かんでこねえからよ……。それに、うちと違って、山源では女衆の尻が落着かなくてよ。あっしが憶えてる限り、お桑以外の女ごは一年と保った例しがねえように思うが……」

正蔵が蕗味噌を嘗めたような（苦々しい）顔をする。

「そうなのかえ……」

「便り屋にしても口入業（くちいれぎょう）にしても、男商売でやすからね。しかも、町小使（まちこづかい）（飛脚（ひきゃく））なんてもんは競肌（きおいはだ）（勇み肌）ながんさい者（がさつ者）ばかりときて、女衆が逃げ出したくなる気持が解（わか）らねえでもねえからよ……」

「おや、そうなのかえ？　うちの女衆はそんなことないよ……。先（さい）つ頃（ころ）辞（や）めてった女衆といえば、おこんとおさとだけだが、おこんは娘のおみえと一緒に暮らすために茂（も）原（ばら）に戻っていき、おさとは嫁に出たんだからね……。いずれも正当な理由（わけ）があり、決して日々堂が嫌（いや）で辞めてったわけじゃない……」

「そりゃ、うちは女将さんが店衆（たなし）のことを我が子のように思い、何かと気を配（くば）って下さるからじゃないですか……。正（まさ）な話、一度うちの居心地のよさを知ったら、もう余（よ）所（そ）じゃやっていけねえでしょうからね」

「そんなものなのかね……。あたしは決して特別なことをしているとは思わないけどさァ。じゃ、正蔵にも誰がこの文を書いたのか判らないってことなんだね？」

「ええ、さっぱり……。ところで、この文、本当に総元締の文なんでしょうかね？」

「と言うと？」

「この文字は総元締のものじゃねえ……。てことは、文字の書けなくなった総元締が誰かに口述筆記をさせたのか、それとも、文自体が総元締のものではなく、誰かが総元締の名を騙ったものなのか……」

正蔵が困じ果てたように、お葉に目を据える。

「総元締の名を騙ったとは、どっとしない（感心しない）ことを言ってくれるじゃないか……。一体、誰がそんなことを……。ていうか、そんなことをしてなんになるっていうのさ！」

お葉が眉根を寄せる。

「もちろん、日々堂を陥れるためでやすよ。なんせ、相手は山源でやすからね。殊に、現在は総元締が病に臥して一線から退いてるとなれば、宰領の辰次がどんな手を打ってくるかしれねえんだ！　ほれ、女将さんも言ってやしたでしょう？　山源に伏見屋や友造の妹の消息を探ってもらえねえかと頼みに行ったとき、宰領が一言のもとに断ったと……。そりゃよ、それでなくても席の暖まる暇がねえほど忙しい町小使に、余計なことをする暇がねえのは解っているが、断るにしても言い方があるのじゃ……。それを、辰次の野郎は、町小使をなんだと思ってる、そんな余計なことをさせるくれェなら一通でも多くの文の集配をさせなきゃならない、と木で鼻を括ったような言い方をしたんでやすからね」

ああ……、とお葉も頷く。

銀仙楼の女郎夕霧の弟、永井和彦の組屋敷に日々堂が直接文を届けたいと願い出た際には、思いの外、山源が快く承諾してくれたので、此度もと思ったのが、とんだ猿利口（浅知恵）……。

考えてみれば、あのときはまだ源伍が息災で、しかも、山源の管轄下に配達することを許してほしいという、ごく単純な頼みだったのである。

それに引き替え、此度は人を捜してくれというのであるから、山源が快い顔をしなくても当然というもの……。

とは言え、病の源伍を気遣い見舞わせてほしいと申し出たお葉に、辰次が一言のもとに迷惑だと断ったのには鶏冠に来た。

あのとき、お葉は深川に戻って来ると、正蔵や友七親分を相手に、こう毒づいたのである。

「てんごう言ってんじゃないよ！　何が迷惑かよ。総元締には甚三郎がさんざっぱら世話になってきたんだ。山源から独立する際には快く許してくれたし、甚三郎が亡くなってあたしが日々堂を引き継ぐことになったときも、まっ、たまには嫌がらせもされたんだけど、概ね、温かい目で見守ってくれた……。その男が病だと知れば見舞いたいと思って当然じゃないか……。違うかえ？」

お葉の剣幕に、正蔵は挙措を失った。

「まあま、女将さん、抑えて、抑えて……。宰領が迷惑と言ったのは言葉の綾で、きっと、医者から他人に逢わせるのを止められているんでしょうよ。いいじゃありやせんか。こっちは見舞いたいと申し出たんだから、それで筋は通したってもんで……」

友七も気遣わしそうに言った。

「まっ、そういうこった。だがよ、総元締の容態がそこまで芳しくねえんじゃ、山源の先行きも危ぶまれるってもの……。万が一ってことがあれば、誰があとを継ぐのよ。総元締に息子はいねえのかよ？　まさか、宰領が引き継ぐってことになるんじゃねえだろうな？」

お葉の脳裡に、あのときの会話がまざまざと甦ってくる。

あのとき、友七の問いに、正蔵は源伍には息子がいたが、八年ほど前に山源を飛び出してしまったのだと言った。

「源一郎っていうんでやすがね。これが餓鬼の頃から芸事が好きで、まっ、総元締のかみさんが柳橋で鳴らした芸者っていうから無理もねえ話なんだが、総元締にしてみれば、一人息子だ……。当然、山源を託すつもりでいたんだろうが、二十歳を過ぎても一向に家業に身が入らねえ……。三味線だの常磐津だの都々逸だの、挙句は芝居に凝って歌舞伎役者になりてエと言い出す始末で、総元締も頭を抱えていたところ、かみさんが亡くなった……。そうしたら、源一郎が葭町にぴたりと寄りつかなくなりやしてね。なんでも、心底尽くになった女ごが出来たとかで、常磐津のお師さんの家に入り浸るようになったとか……。と言うのも、家に戻れば、総元締が女々しい真似をするな、男たるものは……、と小言八百に利を食うように責め立てるし、店衆は店衆で血気逸った荒くればかり……。そんな理由だから源一郎が女ごの柔肌に逃げ込みたくなる気持が解らないでもないんだが、かと言って、女ごの家に逃げ込んだ源一郎を放っておくわけにもいかねえ……。それで、今日こそは連れ帰ろうと総元締と宰領が常磐津の師匠の家に乗り込んだところ、家の中は蛻の殻……。それが八年前のことで、以来、源一郎と女ごがどこに逃げたのか判らねえとくる……」

正蔵に続いて、お葉も言った。

「あたしが甚さんと所帯を持ったときには、もう息子は葭町にいなくてね……。ただ、総元締からはさんざん繰言を聞かされたよ。なんであんな柔な男に育っちまったんだろうか、こんなことになるのなら、女房が息子を連れ歩くのを止めてりゃよかった、おまえさんも其者上がりだが、其者上がりというのは脚を洗ってからも芸事が恋しいものなのか、てめえ一人で遊び歩くというのならまだ許せるが、息子まで連れ歩くことはねえだろうに……、とね。そんなことをあたしに言われても、おてちん（お手上げ）だ！　ふふっ、あたしも気の勝った女ごだからさ。天骨もない、そりゃ人によるんじゃござんせんかって答えてやったけどさ……」

「ああ、それで、女将さんは葭町から戻ると、毎度、表に塩を撒いて、ああ、すっきりしたァ、と叫んでいなさったんでやすね？」

正蔵はにたりと笑った。

「止しとくれよ！　叫んだなんて、人聞きの悪い……。ちょいと大きめな声を出しただけだよ。けどさ、総元締も少しばかり気の毒でさァ……。甚さんが亡くなった後、総元締があたしにこう言ったんだよ。息子の源一郎があんな体たらくなものだから、自分がどれだけ甚三郎を頼りにしていたか……、本音をいえば、山源を託してもよいと思っていたんだが、それが突然、独立したいと言い出され、正な話、あのときは神仏を呪いたくなったと……」

「おまけに、あっしまでが旦那にくっついて山源を出ちまったんだからよ……。けど、旦那にゃ夢があった！　それまでの便り屋は文を出してェ者がわざわざ見世まで持っていかなくちゃならなかったが、これからは、誰でもが気楽に文の遣り取りが出来るように、常時、町中を町小使が駆け回る、そんな便り屋を作りてェんだと……。

あっしも旦那の夢に懸けた。旦那なら、それがやれると……。まっ、現在じゃ、どこも同じやり方をしてやすがね」

正蔵もそんなふうに続けたのである。

お葉は改まったように正蔵に目を据えた。

「この文のことなんだけどね……。あたしには山源の後継者のことのように思えてならない……。総元締にはきっと日々堂に聞いてもらいたいことがあるんだろうよ。それで、お端女の誰かにこの文を書かせた……。ねっ、そう思わないかえ?」

正蔵が腕を組み、うーんと首を捻る。

「そうかもしれねえし、そうではねえかもしれねえ……。よいてや！　仮に、これが辰次の謀だとしても、敢えて、受けてやろうじゃねえか！　女将さん、あっしがお供をしやすんで、とにかく、葭町を訪ねてみやしょうぜ」

正蔵は腹を括ったのか、ポンと膝を叩いた。

二日後、お葉は正蔵を伴い、葭町へと向かった。

「おはまの奴、出掛ける間際まで、ああだのこうだのと不安を煽るようなことばかり吐かしやがって……。それも、夕べの夢見が悪かっただの、今朝、指がちょいと触れただけで、洗い桶の湯呑が割れただの、しょうもねえ験担ぎばかりでよ！」

正蔵が歩きながら苦々しそうに呟く。

「おや、多少のことには動じないおはまにしては珍しいこともあるもんだ……。まっ、おはまが鬼胎を抱くのも無理はないんだがね。正な話、このあたしだってどこかしら覚束ない想いでさ……。いえね、山源が日々堂に対して何か仕掛けるといったことじゃなくて、総元締に万が一ってことがあったら、山源はどうなるのだろうかと思ってさ……。宰領がいるといっても、辰次という男は山源を束ねることは出来ても、総元締の器じゃないからね。これまで甘く回っていた山源と日々堂の関わりに支障が出てくるのじゃないかと気懸かりでさ……。正蔵、永代橋から四ツ手（駕籠）に乗ろうじゃないか。おまえ、先に行って六尺（駕籠舁き）に声をかけてきておくれ！」

「へい」

正蔵が橋の袂で客待ちをする辻駕籠に向けて、小走りに駆けて行く。

そうして二人は葭町の山源に着いたのであるが、どうやらお葉たちが来ることを山源では知らなかったとみえ、男衆の一人が慌てて宰領に知らせに走った。

「これはまた……。日々堂の女将と宰領がお揃いで、一体どんなご用で？」

辰次が愛想のない顔に引き攣った笑みを貼りつけて、奥から出て来た。

「前触れもなく訪ねて来て悪かったね。だが、総元締から話があるので訪ねて来てほしいと文を貰ったからには、来ないわけにはいかなくてね」

お葉が胸の間から封書を取り出す。

「旦那が文を？　はて……。ちょいと見せてもらえやせんか？」

辰次は訝しそうな顔をして、文を手にした。

「総元締の文字じゃないのは解ってるよ。けど、葭町から廻ってくる文の束の中に混じっていたんだから、山源の誰かが出したものに違いないと思ってね。どうだえ、その文字に見覚えはないかえ？」

お葉が辰次の顔を睨めつけると、辰次は狼狽え目を泳がせた。

「この字は……」

「知ってるんだな？」

正蔵がドスの利いた声を出す。

と、そのとき、見世の奥から四十路半ばの女ごが出て来た。

「あたしですよ、その文を出したのは……。宰領に無断で悪かったけど、旦那さまの頼みだから文句を言わないで下さいよ。日々堂さん、お忙しいところをお呼びたてしてしまい申し訳ありませんでした。よくぞお越し下さいました。さあさ、旦那さまがお待ちかねです。奥にどうぞ！」

女ごは辰次を鋭い目で制すと、お葉に愛想のよい笑みを投げかけた。

正蔵があっと声を上げる。

「思い出したぜ！　おめえさん、確か、お桑さんの下にいたお喜多さん……。なっ、そうだろう？」

女ごはふふっと笑った。

「思い出して下さいましたか？　すっかりお婆ちゃんになっちまったもんだから、おそらく、お気づきにならないだろうと思っていましたのに……」

お喜多が先に立って廊下を歩きながら、気を兼ねたように言う。

「歳を食ったのはこちとらも同じでよ……。懐かしいなあ……。まさか、あの頃の女衆に逢えるなんてよ。それで、お桑さんはどうしてる？」

お喜多が脚を止め、正蔵を見る。

「亡くなりましたよ。さあ、亡くなってもう十年にもなりますかね」

「亡くなった……。まっ、そうだろうな。あっしがここにいた頃、あの女は五十路だったんだもんな。じゃ、現在はおめえさんが奥向きを束ねてるってことか……」

「それも旦那さまが寝込まれるまでのことでしてね……。現在はもっぱら旦那さまのお世話をさせてもらっています。おまえさんがここにいなさった頃の女衆は、現在ではあたし一人になりました……。こちらが日々堂の旦那の内儀なんですね。挨拶が遅れて申し訳ありません。旦那は本当に男気のある優しい方で、ここを辞めて出て行かれたときには、お桑さんもあたしもどれだけ落胆したことか……。叶うものなら一緒について行きたいと思ったくらいで、正な話、正蔵さんが羨ましくて堪りませんでした。けれども、まさか、日々堂の旦那があんなに早く亡くなられるとは……。確か、女将さんを後添いに貰われてすぐのことでしたよね？」

「半年後のことでした」

お葉は辛そうに唇を噛んだが、毅然と視線を返すと、

「けど、あたしと亭主の間にはその前がありましたからね。それに、現在もあの男はあたしの胸の内に生きている……。あたしはそれで満足なんですよ」

と言った。

「さすがは女将さん！　うちの旦那が一目置かれるだけのことはある……。あら嫌

だ！　こんなところで立ち話なんてね。ささっ、参りましょう」

お喜多はそう言うと、現在では病間となった離れに、二人を案内した。

「旦那さま、日々堂の女将さんと宰領がお見えになりましたよ」

お喜多が廊下から声をかけ、襖をそろりと開ける。

源伍は蒲団から片手を出し、ウウッと声を出した。

傍に寄れという意味なのであろう。

お葉と正蔵が枕許に寄って行く。

「総元締、お葉ですよ。病に倒れられたと聞き、一度見舞いに上がったのですが、残念ながら、そのときはお目にかかることが出来ませんでした……。けれども、今日は総元締があたしどもに話があるとか……。それでこうして、宰領を連れてやって来たんですよ」

「総元締、正蔵でやす。どうぞ、なんなりとお申しつけ下せえ」

茶の仕度をしていたお喜多が、お葉の前に茶托を差し出しながら気を兼ねたように言う。

「やはり、女将さんもそうだったんですね……。見舞いに来られた女将さんを追い返したというのは、宰領なのではありませんか？　いえね、他の方からもそんな話を聞いたものでして……。宰領にしてみれば、旦那さまの身体を案じてのことだったのでしょうが、それにしても、失礼なことを……。何か無礼なことを言ったのではありませんか？」

「ええ、あたしが見舞いたいと言ったら、迷惑だと……」

お喜多の顔から色が失せる。

「まっ、そんなことを……。申し訳ありませんでした。旦那さまに代わってお詫びいたします。宰領という男は頭に過ぎったことを考えもなくそのまま口にする、そんな男なんですよ。後で悔いても、もう遅い……。それで何度やりくじりをしたことか……。と言っても、山源では一番の古株だし、酸いも甘いも知っているので、旦那さまもあの男に宰領を務めさせているのですけど、山源の先行きを思うと頭の痛いことで……」

すると、源伍が、お喜多、あ、あれを……、と呟いた。

「解りました。ええ、ええ、お話ししましょうね」

お喜多は屈み込んで源伍に囁くと、改まったようにお葉と正蔵を見据えた。

「もうお解りでしょうが、旦那さまはご自分では話しづらくなっておられます。ですから、あたしが代わってお話ししますが、実は、源一郎さんのことなんです……。あっ、女将さんも宰領も源一郎さんのことはご存知ですよね？」

「ええ……」

「知っているも何も、坊ちゃんが幼ねえ頃にはよく遊んでやったものよ……」

「でしたら、源一郎さんが山源を出て行かれた経緯をご存知ということ……。実は、八年前に消息を絶ったきりで行方が判らなかった源一郎さんが、本所林町にいることが判りましてね」

「本所に？　じゃ、あれからずっと本所にいたということでやすか！」

正蔵が目をまじくじさせる。

それもそのはず、本所は日々堂の管轄下にあり、源一郎がずっとそこにいたのなら、町小使が何か摑んでいてもよさそうなもの……。

お喜多は首を振った。

「いえ、林町に越してきたのはつい最近のことのようで、それまではどこを転々としていたのか判りません……。林町の仕舞た屋に常磐津の看板が掲げられたのが三月ほど前のことといいます。何故、そこに源一郎さんがいると判ったかといいますと、たまたま山源に出入りしていた酒屋の手代が現在は本所松井町の酒屋に移っていて、新しく越してきた常磐津のお師さんの家に挨拶に行ったところ、出て来た男が源一郎さんだったということなのですよ……。その手代は源一郎さんのことは子供の頃から知っていましてね。ですから、他人の空似なんかではないとはっきり言いました……。手代は源一郎さんが山源を飛び出したことも知っていて、これはなんでも旦那さまに知らせなければと思ったそうなんですよ。幸い、源一郎さんのほうでは手代のことには気づかなかったようです」

お喜多はそこで言葉を切ると、源伍へと目をやった。

「その話を聞いて、旦那さまがどれだけお悦びになったか……。病臥したまま、はらはらと涙を流されましてね。よく回らない口で、逢いたい、逢いたい……、と何度も呟かれて……。女将さん、宰領、あたしはなんとしてでも旦那さまに源一郎さんを逢わせてあげたいのですよ！　お願いします。ひと肌脱いで下さいませんか？　この通りです。逢ってどうするかってことより、ただただ、逢わせてあげたくて……」

お喜多は畳に手をつき、深々と頭を下げた。

お葉は源伍へと目をやった。

源伍が縋りつくような目を、お葉に向けている。

源伍のこんな目を見たのは初めてであった。

「解りましたよ、解りましたからね、総元締！」

お葉が源伍に頷いてみせる。

その刹那、源伍の頬をつっと涙が伝った。


「で、本所林町に源一郎さんがいるということを辰次は知っているのでやすか？」

正蔵がそう言うと、お喜多はつと眉を曇らせた。

「まだ言ってないんですよ。父子の再会は見世には関わりないことなんですが、旦那さまがこんな身体になられた現在になっての再会となると、宰領が妙な勘繰りをするのじゃないかと思って……」

お喜多が困じ果てたように正蔵を見る。

正蔵は腕を組み、うーんと首を傾げた。

「はて、どうしたものか……。確かに、お喜多さんが言うように、現在、源一郎さんを呼び寄せれば、たとえそれが純粋な父子の再会であっても、総元締が山源を源一郎さんに託す腹だ、と宰領が勘繰ってても仕方がねえ……。だからといって、隠し通すわけにもいかねえからよ……。あっしが源一郎さんを連れて来た後で、なんで前もって知らせてくれなかったのかと嫌味を言われるよりは、やはり、こうこうしかじかでと話しておいたほうがいいように思う……。それに今日、女将さんとあっしがここに呼ばれたことも、宰領にしてみれば、何ゆえ総元締が日々堂を呼んだのだろうかと疑心暗鬼でいるに違ェねえんだ……。女将さん、やはり前もって、辰次に話しておいたほうがよいのじゃありやせんか？」

正蔵がお葉を窺う。

「ああ、あたしもそう思うよ。それで、一つ確認しておきたいんだが、総元締は山源を辰次に譲る気がおありで？　それとも、源一郎さんに継ぐ気があるのなら、源一郎さんに山源を託すと、そうお思いで？　その点をはっきりしておかなきゃ、話は前へと進まない……」

お葉が源伍を食い入るように瞠める。

源伍は首を振った。

お喜多が慌てて割って入ってくる。

「旦那さまは源一郎さんに山源を託すことはとっくに諦めておられます……。あたしはこれまで旦那さまから何度聞かされたことでしょう……。親の身になれば息子に見世を託したいと思うのが道理だが、総元締としては山源だけでなく便り屋、口入屋全体のことを考えなければならない、源一郎は誰が見ても人の上に立てる器ではない、見世や店衆のことを考えると自分は心を鬼にしなければならないだろうと……。ですから、旦那さまはただただ我が子にひと目逢いたいだけなんです。どうか、それを解ってあげて下さいませ」

お喜多の言葉に、源伍が頷く。

「解りました。では、こうしたらどうだろう……。あたしたちはなんとしてでも源一郎さんに渡(わたり)をつけ、父親(てておや)に逢いに戻るようにと説得しましょう。だから、総元締は極力(きょくりょく)早めに、山源を継ぐのはおまえだ、と宰領にはっきり言ってやるんですよ……。なんなら、お喜多さんの代筆で念書を認(したた)めてもいいのじゃなかろうか……。拇印(ぼいん)を捺(お)しておけば、それで立派に通るからね。そうすれば、宰領もほっと息を吐(つ)くと思いますよ」

お葉がそう言うと、正蔵も相槌(あいづち)を打つ。

「それがいい！　総元締、是非(ぜひ)、そうなさって下せえよ」

お喜多も仕こなし顔に頷いた。

「やはり、それしか手がないのでしょうね。それで、もう一つお願いがありまして……」

お喜多はそう言うと、源伍に、いいか？　と目まじした。

源伍が無言で頷く。

お喜多が茶簞笥の引出を開け、袱紗包みを取り出してくる。

「これを日々堂さんに預かっておいてもらいたいのです」

「…………」

「…………」

お葉も正蔵も目をまじくじさせた。

「なんだえ、これは……」

「開けてみて下さい」

お喜多に言われ、お葉が訝しそうな顔で袱紗を解く。

なんと、切餅が四つも入っているではないか……。

「これは？」

「見ての通り、百両あります。旦那さまは山源を宰領に譲るおつもりですが、親の身になれば、源一郎さんのことが気懸かりでなりません……。それで、この百両を日々堂さんに預けておいて、この先、源一郎さんのいざというときに遣ってほしいとお考えなのです……。ならば、何ゆえ、直接手渡さないのかとお思いでしょうが、金というものは人を救いもしますが、駄目にもします……。旦那さまは源一郎さんのことを思い、あくまでもこの金は本当に役に立つときだけに遣ってほしい、とは言え、決してこの金を当てにすることなく、我が道を進んでほしい……、とそうお思いなのです……。日々堂さんにしてみれば甚だ迷惑な話でしょうが、信頼して百両もの金をお預け出来るのは日々堂さんを措いてはありません……。お解り下さいましたでしょうか?」

お喜多がお葉を上目に窺う。

お葉は正蔵と顔を見合わせた。

「どうする? 総元締の親心だと思うとね……。かと言って、いつ、この金を源一郎さんに渡せばよいのか……。あたしたちにはその判断がつきかねる……」

「さいですよね。第一、そうなると、あっしらはのべつまくなし源一郎さんの行状を見張ってなきゃならなくなる……」

「やはり、ご迷惑ですか?」

お喜多が探るような目で、お葉を見る。

「いや、迷惑なわけじゃ……」

お葉は再び正蔵に目をやった。

　すると、正蔵が意を決したように、ポンと手を打つ。

「よいてや！　預からせてもらいやしょう。ただし、日々堂が金を預かっていることを、前もって、源一郎さんに伝えておきてェと思いやす……。金を預かっていることをきちんと伝えたうえで、その金をいつどんなふうに遣うかは本人の判断に委せる……。そうすりゃ、入り用になったときに源一郎さんが日々堂を訪ねて来るだろうし、日々堂は何ゆえ金が要るのかを質し、こちらが納得すれば金を渡す……。ねっ、そういうことにしちゃどうでやしょう？　源一郎さんも日々堂が相手となったら、そうそう無謀な申し出はしねえだろうからよ」

「そうだよね？　あたしたちが少々のことでは金を渡さないことにすればいいんだからさ……。正蔵、おまえにしてはなかなかよい思いつきじゃないか！」

「女将さん、おまえにしては、は余計です」

　お葉がえへっと肩を竦める。

「有難うございます。では、了解して下さったと思ってよいのですね？　旦那さま、安心なさって下さいませ。日々堂さんなら、決して悪いようにはなさいませんからね」

　お葉は源伍に目をやった。

「あ、あ、ありがと……」

源伍が目をしわしわとさせる。

親というものは我が子がどんな子であれ、心から可愛いものである。

しかも、自らが朽ちようとするそのぎりぎりまで、我が子の行く末を案じるもの
……。

ふっと、お葉は母の久乃は死の間際に自分のことを思ってくれたのだろうか……、
と思った。

お葉の眼窩に花簪がゆるりと過ぎる。

珊瑚をちりばめた桜の花簪である。

元は父嘉次郎がお葉の帯解の祝いに贈ってくれたものだが、久乃が上方から来た陰陽師のあとを追って家を飛び出した際に持ち出し、それっきり行方が判らなかった花簪……。

その花簪を久乃は肌身離さず持ち歩いていたといい、最後に世話になったお近に、お葉に返してくれ、と託したという。

「久乃さんは、これをお葉に返してくれって、息も絶え絶えにそう言ったんだよ……。あたし、そのとき、ああ、この女はずっと娘に済まないことをしたと思い続け

てきたんだと思ってね……。それからしばらくして久乃さんは息絶えたんだけど、最後の力を振り絞って、この簪をおまえさんに返してくれと言ったのだと思うと、あたし、泣けて、泣けて……。正な話、久乃さんがうちに転がり込んで一年半……。ときには、何故あたしが久乃さんの世話をしなくちゃならないのかと腹立たしく思ったこともあったよ。けど、久乃さん、御船蔵前を飛び出すときに、着物や櫛簪、小物といったものをほとんど残していってね……。しかも、自分の持ち物すべてをお近の采配に委せるって書き置きがあったもんだから、あたし、よし乃屋を飛び出す際にそれらを持ち出し、金に換えたんだよ……。十五のときからずっとあの女に仕えてきて、謂わば、あたしはあの女に振り回されてきたのも同然……。せめて、このくらいのことはしてもらってもいいのではと思ったあたしは、その金を元手に小さな茶飯屋を開いてね……。それが滅法界当たり、あれよあれよという間に現在の構えとなったってわけでさ。だから、あたしは久乃さんには義理があってさ……。一方、おまえさんは裸同然で路頭に迷うことになった……。だから、おまえさんのことを思えば、あたしがあの女の最期を看取るのは当然と思ってさ……。けど、久乃さん、この花簪を肌身離さず持ち歩いていたというじゃないか。きっと花簪を娘だと思って詫びを言い続けてたんだよ……。それで、その想いをおまえさんに伝えたくて、今際の際にあたしにこれを託した……。あの女、不器（不器用）で情の張った女だから、そんな気持の表し方しか出来なかったんだよ……」

お近はそう言った。

お葉も、そうなのかもしれない……、と思った。

生き恥を晒すくらいなら死んだほうがましと言っていた久乃が、こうして身も心もすり減らしながらも深川に戻って来たのは、自分の想いを花簪に託し、娘に伝えたかったからかもしれない。

お葉は茶飯屋汀亭を出て竪川に向けて歩きながら、手にした花簪を瞠め、口の中で呟いた。

おっかさん、情っ張りをしないで、なんで、あたしの前に姿を現してくれなかったんだえ……。

花簪に想いを託しただなんて、なんていけずな女ごなんだえ！

けど、それが、おっかさんなんだよね……。

お葉はそう呟き、花簪を島田髷に挿してみた。

チリチリチン……。

風に煽られ、花簪が軽やかな音を立てた。

お葉には、久乃が囁いたように思えた。

そうさ、それが、あたし、久乃って女ごなんだからさ……。

花簪が再び音を立てた。

なんだえ、おっかさんたら！

お葉が悔しそうに呟くと、花簪が再びチリチリチン……。

お葉の目に涙が溢れ、行く手の何もかもが霞んで見えた。

十歳の娘を置いて家を飛び出し、十七年経って花簪を残して冥土に旅立つ親もいれば、源伍のように家を捨てた息子の先行きを案じ、いざというときに遣ってやってくれと百両もの大金を他人に預けていく親もいる。

が、お葉は決して自分が憐れだと思っていない。

気位の高い久乃は犯してしまった罪の深さから逃れることが出来なかったのだろうし、頼る者のいなくなったお葉は、自らが強い女ごにならなければ今日まで生きてこられなかったのだから……。

お葉は愛しい者でも見るように、源伍にふっと微笑みかけた。

「総元締、源一郎さんのことは日々堂が委されましたからね！」

「そうだったんですか……。それを聞いて、ほっと胸を撫で下ろしましたよ。女将さんたちが葭町に出掛けてからというもの、山源からまたどんな無理難題を吹っかけられるのだろうかと、あたしは生きた空もなかった（気が気でない）んですからね」

おはまが皆に白瓜の冷汁を配りながら言う。

「おや、ただの清まし汁かと思ったら、味噌の香りがするじゃないか！」

お葉が驚いたようにおはまを見る。

「ええ、清まし味噌仕立てなんですよ。味噌汁を布袋に入れて漉すとこうなるそうなんだけど、まあ手間のかかることを……」

「えっ、じゃ、これはおまえが作ったのじゃないというのかえ？」

「ええ、政女さんが作ってくれたんですよ」

「政女さんが？」

「そればかりじゃありませんよ。ご飯の上に載せた鰯焼味噌和えも政女さんが作ったんですからね……。それだって、焼味噌を作って、その中に手開きにして千切った鰯を混ぜるのだけど、焼味噌を作るというひと手間があってこそ芳ばしさが増し、鰯の生臭さを消してくれるんですからね……。とにかく上がってみて下さいよ！」

おはまの言葉に、戸田龍之介が味噌和えの載ったご飯を口にする。

「おっ、違ェねえ……。こいつはご飯のお供というより、酒の肴にぴったりだ！」

「どれどれ……。おっ、違ェねえ！　おい、おはま、これがあるというのに一本燗けねえとはどういう了見かよ！」

正蔵が物欲しげにおはまを見る。

そこに、政女が盆に銚子を載せて茶の間に入って来た。

「そう言われると思い、はい、お燗してお持ちしましたよ」

「おやまっ、気が利くじゃないか！　じゃ、今宵はあたしも相伴に与ろうかね」

お葉が長火鉢の猫板の蓋を取り、中から盃を取り出す。

政女が銚子を三本運んで来たということは、端からお葉も付き合うと解っていたのであろう。

政女は正蔵と龍之介の箱膳に銚子を置くと、お葉に酌をしようとした。

「そうかえ、悪いね。けど、あたしは手酌に慣れてるんだ。じゃ、一杯だけ酌をしてもらおうか……。そりゃそうと、今、おはまから聞いたんだが、冷汁も焼味噌もおまえさんが作ったんだって？」

お葉が酌を受けながら言うと、政女は照れたような笑みを浮かべた。

「蒸し暑い日には冷たいものがよいかと思いまして……。今朝、靖吉さんが新鮮な白瓜や茗荷を届けて下さったときから、今宵は冷汁にしようと思っていましたの」

「靖吉さん、おさとのことで何か言っていなかったかえ？　二人が祝言を挙げたのが桃の節句だったから、二月経つんだもんね……」

お葉がそう言うと、政女は、ええ……、とどこかしら引き攣ったような笑みを見せた。

お葉の胸がきやりと揺れる。

まさか、政女はまだあのときのことを引き摺っているのでは……。

無理もない。

亭主の北里辰之助が政女の目の前で谷崎という男に斬殺され、自らも肩傷を負ってしまったのが、靖吉とおさとの結納の前日であったのだから……。

幸い、政女は浅傷で添島立軒の診療所に一月半ほどいただけで日々堂に戻って来たが、身体の傷は癒えても心の疵までは……。

が、政女はおさとが抜けると日々堂の勝手方が手薄になると思い、無理して戻って来てくれたのだった。

それまでは仕分け作業や代書の手伝いをしていた政女である。病み上がりで、しかも、馴染みの薄い他の女衆に混じって甘くやっていけるのだろうかと案じていたが、どうやらお葉の杞憂だったようで、現在では材木町の四郎店を引き上げ日々堂で他の使用人と寝起きを共にしているが、それも功を奏したとみえ、政女は日に日に活気を取り戻していった。

とは言え、おはまやおせいが言うには、時折、思い詰めたように昏い面差しをしていることもあるという。

何しろ、あれだけのことがあったのである。

おそらく、政女が心に受けた疵は、生涯、拭い去れるものではないだろう。

政女は己を責めているのである。

「谷崎が四郎店に現れたとき、北里はまるで討たれるのを待っていたかのように、病の床から這い出て自ら刃に向かって歩み寄りましてね……。無腰の北里は一刀両断に……。わたくしも肩を斬られましたが、谷崎はわたくしを殺める気はなかったようで、思わずわたくしまで斬ってしまったことに戦いたのか、一心不乱に逃げていきました……。今思えば、谷崎は女仇討ちなどもうどうでもよく、自分の脚を不自由にさせた北里がただただ憎かったのだろうと……。そして北里も北里で辛かったに、病に罹ったばかりなのに、逆にわたくしに護られることになり、それが辛くて耐えられなかったのではないかと思います。わたくしね、現在でも谷崎の顔を見たときの北里のほっと安堵した表情が頭から離れませんの……。北里をそこまで追い詰めたのは、このわたくしです。わたくしさえ、何があろうと旦那さまの許で辛抱していれば、こんなことにはならなかったのですもの……」

　政女は見舞いに行ったお葉の前で、そう言った。

「そうかもしれない。だが、北里さんが義俠心に駆られて旦那の許からおまえさんを救い出し、その後、二人が鰯煮た鍋（離れがたい関係）となったのも、北里さんが病に倒れたのも、何もかもが二人の宿命……。なるべくしてなったとしか思えないからね。その意味から言えば、北里さんは谷崎に討たれて本望だったのではなかろうか……。やっと永き病から解放され、これでもう、愛しいおまえさんに苦労をさせなくて済むんだからね」

　お葉がそう言うと、政女も頷いた。

「そうなんです。北里はそう思っていたのですよ……。だからこそ、わたくしは尚辛い……」

「ああ、解ってるよ。だが、辛いからといって、いつまでもくしくしてたのじゃ、北里さんは浮かばれやしない！　北里さんを安堵させるためにも、おまえさんが気丈に生きていかなきゃならないんだからさ」

「…………」

政女は辛そうに眉根を寄せた。

お葉にも政女が心に負った疵の深さが痛いほどに解った。

だが、労ってばかりいたのでは、政女はいつまで経っても立ち直れない。

それで酷いと思ったが、お葉は荒療治に打って出たのである。

「酷い言い方かもしれないが、はっきり言わせてもらうよ。さっき、あたしはおまえさんは日々堂の仲間だと言ったよね？　そう、一人で生きてるんじゃないんだ！　皆で支え合って生きてるんだからね。あたしたちはおまえさんに困ったことがあれば、いつだって手を差し伸べるし、身体を張ってでも護ろうとする……。だから、おまえさんにも日々堂を助けてもらいたいんだよ。おまえさんも知っての通り、靖吉さんとおさとの祝言が正式に決まってね。雛の節句に嫁いでいくことになった……。こんなにめでたいことはないんだが、そうなれば勝手方に人手が足りなくなる……。だから、なんとしてでも、政女さんに一日も早く復帰してもらいたいんだよ。住まいもね、あんなことがあった四郎店にはもう住めないだろうから、うちの使用人部屋に入ってもらおうと思ってるんだよ……。ああ、四郎店のほうは案じることはない。部屋の損料は日々堂で払っておいたし、大家や店子に迷惑をかけて済まなかったと頭を下げて廻っておいたからさ……」

　政女はお葉の叱咤激励に、一日も早く体力を取り戻し、一月後には必ず皆の仲間に加えてもらうと約束してくれたのだった。

　そうして、政女が勝手方の仕事を手伝うようになって二月半……。

　現在ではすっかり他の女衆にも溶け込み、いそいそと立ち働いているが、何気なく洩らしたお葉の言葉で、未だにあの日のことを思い出してしまうとは……。

　やはり、政女の心の疵が癒えるにはまだしばらくかかるのかもしれない。

「靖吉さんが小茄子のよいのを持って来てくれましてね！　これは蓼漬にしてますんで、明日の朝餉にお出ししますね」

　政女の動揺に気づかなかったとみえ、おはまが太平楽に言う。

「おっ、小茄子の蓼漬か！　こいつがまた堪んねえからよ」

　正蔵がそう言うと、清太郎が不服そうにぷっと頬を膨らませる。

「小茄子の蓼漬だとか、味噌焼だとか、なんでェ、大人の悦びそうなものばかりじゃねえか！　つまんねえや……。おいら、酒飲みなんて大っ嫌い！」

「おっ、言ったな……。清坊のおとっつァんは大の酒好きだったんだぜ。男気のある豪快な飲みっぷりでよ……。飲んでも乱れた例しがねえ！　清坊も甚三郎の息子なら、ああいう酒飲みにならなきゃな」

正蔵が清太郎に目まじしてみせる。

清太郎はますます不貞腐れた。

「なんだろうね、清坊は……。ほら、卵の黄金漬だよ。清坊が不満に思うだろうと思って、特別に用意してやったんだからさ」

おはまが隠し持っていた小皿を清太郎の前に出す。

「ヤッタ！　おいら、これ大好き！」

現金なもので、清太郎の顔がぱっと輝く。

「清太郎、良かったじゃないか！　おっかさんも食べたいくらいだよ」

お葉がちょっくら返したように言うと、清太郎がムキになる。

「嫌だよ、分けてなんかやんねえから！」

その言葉に、茶の間にいた全員がぷっと噴き出した。

「莫迦だね、おっかさんが盗るわけがないじゃないか……。安心してお食べ」

「この前卯が余ったときに黄金漬にしておいて良かったですよ……。こうして醬油漬にしておくと、いざというときに役立ちますからね。それはそうと、本所にはいつ行かれるのですか?」

おはまがお葉を窺う。

「あっ、そのことね……。常磐津のお師さんの仕舞た屋というのが林町にあるというんだが、本当にそこにいるのかどうか確かめるのが先だからね。正蔵、本所は誰が廻っているのかえ?」

「本所は確か与一と佐之助が……。じゃ、明日にでも二人にその仕舞た屋を捜させやしょう」

「いずれにしても、ここ二、三日のうちには行くつもりだよ。総元締の容態から見て、安気に構えているわけにはいかないようだからね」

「さいですね。源一郎を捜し出せたとしても、父親に逢うのを嫌がることも考えておかなきゃなんねえからよ……。その場合は、女将さんとあっしで説き伏せなきゃなんねえし、こりゃ悠長に構えてなんかいられねえや……」

「なんなら、わたしも一緒に行きましょうか?」

龍之介が割って入る。

お葉と正蔵は顔を見合わせ、慌てて首を振った。

「滅相もねえ！」

「戸田さまにそんなことをさせるわけにはいかないよ……」

ところが、林町一丁目の仕舞た屋には、龍之介がお葉の供をすることになったのである。

昨日のことである。

竪川沿いに二ツ目橋から一丁目、二丁目……、五丁目と東に向かって並ぶ林町を与一と手分けして捜していた佐之助が、さして造作もなく、それらしき仕舞た屋を見つけてきたことに気負い立った正蔵が、お葉に一刻も早くそのことを知らせようとして足首を捻挫してしまったのである。

「上がり框を踏み外すなんて、俺も焼廻っちまったもんよ……」

正蔵は腫れ上がった足首を見て、恨めしそうに呟いた。

「何やってんだよ！　おまえさん、何年この家で立行してきたというのよ。上がり框を踏み外すなんて、四歳の子供でもやりゃしない！　幸い骨には異常がないみたいだけど、腫れが引くまでしばらくかかるよ。これっ、身体を動かすんじゃないの！」

小麦粉を酢で練り合わせて正蔵の足首に塗りつけていたおはまが、めっと正蔵を睨めつける。

「痛ェ！　痛ェんだよ。もっと優しく出来ねえのかよ」

「なんだえ、これしきでヒイヒイ泣き言を言ってさ。これ以上、優しくなんて出来るもんか！」

おはまは平然とした顔をして湿布の上を油紙で覆うと、さらにその上から晒を巻いていった。

「はい、一丁上がり！」

おはまが晒の上をポンと叩く。

「痛ェ！　何しやがる……」

傍で見ていたお葉は、くすりと肩を揺らした。

「おはまにかかったら、正蔵も形なしじゃないか！　じゃ、これで手当は終わりかえ？」

「ええ、捻挫には雪の下の葉を搾って塗るといいというんですけどね。何しろ急なことで間に合わないんで……。けど、患部を冷やすにはこれが効くといいますんでね。三、四日はこうして冷やし、五日目頃から温めるとよいのだけど、この暑さじゃね……。まっ、しばらくは安静にしていることだね」

「安静にしてろだって？　天骨もねえ！　せっかく佐之助が源一郎の居所を突き止めてきたってェのに、これが安静にしていられるかってェのよ！　あっ、痛ェてて……」

「ほらごらんよ！　気勢を上げた途端にもうこれなんだからさ」

「そうだよ。こうなったからには、大人しくしてることだね。それで、佐之助、もう少し詳しい話を聞かせておくれ」

お葉は佐之助に目を据えた。

「へっ、それが思いの外早ェとこ見つかりやしたんで……。あっしが林町一丁目から、与一が五丁目から捜し始めたのでやすが、一丁目の煙草屋に当たったところ、なんと、すぐ近くに三月前に越してきた常磐津のお師さんがいるというではありやせんか……。しかも、三十路もつれの男が同居していると……。あっしは間違ェなく、その男が山源の息子だと思いやした。それで、名前を訊いたんだが、男の名前までは判らねえそうで……。あっ、常磐津のお師さんは君香というらしいんだが、煙草屋の手代が言うには、その女ご、四十路半ばとかで……。山源の息子が三十路もつれというのは解るんだが、女ごが四十路半ばとなると母子ほど歳が離れてるってことになるが、こんなことってあるんだろうか……。女将さん、女ごのことで何か聞いていやせんか？」

佐之助はお葉を瞠めた。

お葉が慌てて正蔵を窺うと、正蔵はとほんとした顔をし、首を傾げた。

「いや、あっしは何も聞いてねえ……」

「迂闊だったよね。山源からお師さんのことをもう少し詳しく聞いておくのだった……」

すると、おはまが仕こなし顔に頷いた。

「源一郎さんは柳橋芸者をしていたおっかさんに感化され、幼い頃から三味線や常磐津、都々逸だのに凝り、おっかさんの行く先々について廻ってたというんだろ？　ところが、おっかさんに亡くなられてみると荒野にたった一人取り残されたみたいで、心細くて堪らない……それで、その女ごの中に、おっかさんに代わる母性を求めた……。ねっ、そう考えると平仄が合うだろう？」

「なるほど……。言われてみると、そりゃそうだ。おそらく、君香という女ごも元は柳橋芸者……。源一郎はその女ごの中に母親を見たんだろうさ」

お葉も納得したように頷き、

「とにかく、その女ごの家を訪ねてみようよ。と言っても、正蔵はその脚じゃ行けないよね？ まっ、いいか！ あたしが一人で行けばいいんだもの……」

と言った。

「駄目だ！ 女将さんを一人で行かせるわけにはいかねえ」

正蔵は慌てて身体を起こそうとして、痛ェてて……、と顔を顰めた。

「なんで一人で行っちゃ駄目なのさ！」

「考えても下せえよ……。此度の話には百両という金が絡んでるんだ。源一郎が親父に逢いに行くことや日々堂が百両を預かることをあっさり納得してくれればいいが、開き直って、今すぐにでも百両を渡せと女将さんを脅しつけたらどうしやす？ 芸事の好きな柔な男といっても、相手は男だ……。それに、お師さんと連み、二人して迫ってきたらどうしやす？」

お葉はぷっと噴き出した。

「何を言い出すのかと思ったら、莫迦なことを……。源一郎がそんなことをするわけがない！」

「女将さんは源一郎をご存知で？」

「いや、知らないけど……」

「ほら見たことか！　あっしだって餓鬼の頃の源一郎は知っていても、大人になった源一郎を知らねえんだからよ。人は変わるんだ。ましてや、女ごの許に走って八年……。この八年の間に、源一郎がどんな身の有りつきをしてきたのか……。仮に、喉から手が出るほど金を欲しがっていたとしたらどうしやす？」

おはまも堪りかねたように割って入った。

「あたしもそう思いますよ。何があるか判りませんからね。一人で行くのは危険です。そうだ！　友七親分についていってもらいます！」

お葉は眉根を寄せた。

「親分に？　そんなことが出来るわけがない！　これは山源に関わることなんだよ？葭町とは関わりのない親分が首を突っ込んだことが知れたら、山源が黙っているわけがない……」

「そうですよね。困りましたね。じゃ、友造にでも行かせます？　友造は日々堂の次期宰領なんだから、うちの男の代理を務めさせてもおかしくはない……」

「友造ねえ……。そうするより手がないかもしれないね」

お葉がそう言ったときである。

廊下からわざとらしい咳が聞こえてきたかと思うと、龍之介がぬっと姿を現した。

「失礼！　聞くとはなしに耳に入ってしまったのですが、そのお役目、わたしが務めましょう。いけませんか？」

「嫌だよ、戸田さまは……。聞いてたのかえ」

お葉が目をまじくじさせると、龍之介はバツが悪そうに、へへっと顎を掻いた。

「立ち聞きするつもりはなかったのですけどね……。深刻そうな様子でしたので、話の腰を折ってもなんだと思い、区切のよいところまで待つつもりでした……。おお、宰領、その脚はどうなさった！」

どうやら、龍之介はお葉が一人で林町に行くことを皆して止めているところから聞いたらしく、正蔵が捻挫したことまでは解っていなかったらしい。

「まあ、聞いて下さいよ、この男ったら間抜けなんだからさ！　見世の上がり框を踏み外して捻挫しちまったんだから、呆れ返ってものも言えないよ」

おはまは鬼の首でも取ったかのような言い方をした。

「上がり框を踏み外すって……。一体、どうすれば、そんなことが出来るのかよ……」

龍之介も唖然とした顔をする。

「ねっ、莫迦でしょう？　嗤ってやって下さいよ。てめえが痛いだけならまだしも、女将さんに付き添って行くことも出来なくなっちまったんだからさ！」

「おはま、そこまで言うことはないじゃないか！」

お葉はおはまを制すと、龍之介を見た。

「そんな理由で、明日、林町に行こうと思ったんだが、宰領がついて行けなくなってさ……」

「では、山源の息子の居場所が判ったのですね？」

「佐之助が見つけてきてくれてね。おそらく、目星をつけた家に違いないだろうと……」

お葉がそう言い、佐之助に目まじする。

佐之助は照れたように、たまたま運が良かっただけでやす、と呟いた。

「てことで、誰かを宰領の代理に立てなきゃならなくてね……」

「ええ、その辺りから廊下で聞いていました。ですから、その役目をわたしに務めさせてもらえませんか？　昨夜は女将さんと宰領に一言のもとに断られましたが、事情が変わったわけです……。山源の息子がどう出てくるのか危ぶまれるというのであれば、そのお役目、わたしが適任と思いますが、違いますか?」

龍之介がお葉と正蔵を代わる代わるに瞠める。

「そうだよねえ……。昨夜はあんなことを言っちまったが、戸田さまについて来てもらうと、あたしも心強いってもんだ」

「ええ、あっしもそう思いやす。それに、戸田さまには話の内容が解ってるんだ。ところが、これが友造となると、一から話さなきゃならねえ……。じゃ、戸田さま、明日は女将さんを宜しくお願ェしやす」

正蔵が頭を下げようとして、再び、おお、痛ェ! と悲鳴を上げた。

そんなことがあって、龍之介がお葉に同行することになったのである。

常磐津の師匠君香の家はすぐに見つかった。

檜垣に囲まれた瀟洒な家で、なんと、小さな庭には紫陽花や梅花空木が咲き乱れているではないか……。

便り屋、口入業を生業とする日々堂や山源の佇まいとは、なんという違いようであろう……。

冠木門を潜り玄関先で訪いを入れると、しばらくして、総髪の男が出て来た。

矢鱈縞の単衣に平帯、三十路もつれの風貌から見て、この男が源一郎なのであろう。

男は見知らぬ二人を見て、訝しそうな顔をした。

「何か……」

「便り屋日々堂の女将、お葉にございます。そしてこちらは戸田龍之介さま……。現在、日々堂が代書をお願いしているお方です」

男は日々堂という名前に、あっと声を洩らした。

「日々堂って、甚さんが深川黒江町に出した、あの日々堂で？」

「ええ、あたしは甚三郎の家内でしてね。甚三郎が亡くなってからこの方、女将を務めさせてもらっています」

えっと、男が色を失った。

お葉が透かさずたたみかける。

「甚三郎を知っているってことは、おまえさんが山源の嫡男源一郎さんなんだね？」

「ええ……。だが、甚さんが亡くなったって、それはどういうことで……」

「心の臓の発作でね。それは呆気ないものでしたよ」

「俺はちっとも知らなくて……。あの男と正さんにはよく可愛がってもらいましてね。あの二人が傍にいてくれたら、俺も山源を出なくて済んだかもしれない……」

「そうですか、いえね、本当は正蔵も今日ここに来るつもりだったんですよ。ところが、昨日、足首を挫いてしまいましてね」

「えっ、大丈夫なのですか？」

「なに、捻挫だもの、しばらく安静にしていたら治るってもんでさ。ただ、昨日の今日では、四ツ手に乗せたとしてもここまで来るのは無理ってもんでね……」

「あっ、玄関先に立たせたままで失礼を……。さっ、どうぞ、お上がり下さいませ」

源一郎に促され、お葉と龍之介は座敷に上がった。

「申し訳ありません。現在、婆やを買い物に出していまして……。すぐに、お茶の仕度を……」

「いえ、茶なんていいんだよ」

「でも……。しばらくお待ちを……」

源一郎は厨へと去って行った。

お葉は龍之介の耳許に囁いた。

「婆やは買い物だとしても、君香さんは一体どうしたんだろうね？」

「さあ……」

龍之介が素っ気ない返事を寄越す。

お葉は部屋の中を見廻した。

床の間の花入れには花が挿してなく、座卓に飾り棚が一つといった殺風景な部屋だが、どうやらここが客間のようである。

この家の構えから推測するに、部屋らしきものがあと二間に、厨に厠……。

すると、その中の一つが源一郎と君香の部屋で、もう一つが婆やの部屋……。

そうなると、一体どこで常磐津を教えているのだろう。

そんなことを考えていると、源一郎が盆に湯呑を載せて戻って来た。

「茶請けになるものが何もなくて……」

源一郎はそう言うと、二人の前に湯呑を置き、改まったように頭を下げた。

「挨拶が遅くなって済みません。山源の源一郎、いや、現在は山源を出た身なので、ただの源一郎にございます」

「ご丁寧にどうも……。あたしはさっき名乗ったと思うが、お葉と申します。おまえさん、もしかして、あたしが甚三郎の後添いに入ったことを知らないのではないかえ?」

「ええ、知りませんでした。甚さんは所帯を持たれて、確か、男の子が生まれたとか……。ああ、そうだった……。甚さんのかみさんは産後の肥立ちが悪くて亡くなられたのでしたよね? それで、おまえさんが後添いに?」

「ああ、そうなんだけど、甚三郎はあたしと所帯を持って半年後に亡くなってね……。以来、忘れ形見の清太郎と日々堂をあたしが護っていくことになったってわけでさ」

「清太郎……。坊は清太郎というんですか? それで、現在、幾つに?」

「十歳だよ。甚三郎譲りの凜々しい子でね。あたしは末頼もしく思っているんだよ」

「十歳……。もうそんなになるんだ……」

源一郎は目を細めた。

「ところで、今日、あたしがここに来た理由を話さなきゃならないが、実は、今日は山源源伍の名代で来たと思ってくれないかえ」

「…………」

源一郎は息を呑んだ。

覚悟していたのだろうが、改めて源伍の名を耳にして、つい身体に力が入ったようである。

「実はね、少し前に総元締が中気の発作で倒れてね……。正な話、日々弱っておられる。日々堂でも総元締の容態を案じていたのだが、数日前、頼みがあると呼び出されてね……。あたしはひと目で総元締の余命がもうあまり永くないと悟ったってわけでね……。源一郎さん、はっきり言わせてもらいますよ。おまえさんと総元締の間に何があったのか知らないが、たった一人の肉親じゃないか！　一度でいいからおとっつァんを見舞ってやっちゃくれないだろうか……。おとっつァんがおまえさんに逢いたがっているんだよ。今生の別れと思って、ひと目、姿を見せてあげてくれないかえ？」

「………」

お葉は源一郎の返事を待った。

が、源一郎は黙りこくったまま、口を開こうとしない。

「どうしたえ？　逢いたくないというのかえ？　いえね、何も山源に戻って見世を継げと言ってるんじゃないんだよ。総元締もそれはもう諦めておいでだからね。そうではなく、父子として、心を通い合わせて死んでいきたいと思っていなさるだけなんだよ」

「………」

「山源はね、宰領の辰次に託すと、そうはっきりと言われたからね。それだけでなく、念書を認めておくと言っておられたので、おまえさんはただ見舞ってあげるだけでいいんだよ。それでも嫌かえ？」

「………」

源一郎は相も変わらず無言である。

すると、それまで黙って聞いていた龍之介が、気を苛ったように鳴り立てた。

「どうしてエ、黙ってちゃ解らねえだろうが！　おめえ、男だろうが！　男なら男らしく、思ってることを言うんだな」

あっと、源一郎が龍之介を見る。

「戸田さまの堪忍袋の緒が切れて当然だ。あっちだって、業が煮えて堪らないんだからさ！」

お葉の放った久々の、あっち、という言葉に、源一郎が目をまじくじさせる。

「女将さん、もしかして……」

「ああ、そうさ。あっちは辰巳芸者で鳴らした女ごだ……。甚三郎はあっちのそんな鉄火なところに惚れて女房にしてくれたんだからさ！」

「俺のお袋も柳橋芸者だった……。懐かしい……。なんだか、お袋に怒鳴られたような気がして……」

「そうかえ。じゃ、おまえのおっかさんになったつもりで、もう一回訊こうじゃないか。なんで、おとっつァんに逢いたくないのかえ？」

源一郎は顔を上げ、真っ直ぐにお葉を見た。

「逢いたくないわけじゃねえ……。けど、おとっつァんがお袋やあの女にした仕打ちを思うと……」

「あの女？　ああ、君香という常磐津のお師さんのことなんだね？」

源一郎はこくりと頷いた。

「おとっつァんが皆になんて言ったか知りませんが、あの男はおっかさんのことを芸者上がりのこのどち女が！　と、ことあるごとに罵って、俺が芸事に傾倒するようになると、おめえが芸事をするように仕向けたのだろう、亭主に一矢報いるつもりで、それで山源の一人息子をわざと腑抜玉に育てたに違いない、とそれはもう、罵詈雑言を浴びせかけ、殴るの蹴るので……。おっかさんが流行風邪で寝込んだときも、医者に診せようともしなかった……。おっかさんが死んだのは、あの男のせいなんだ！　だから、俺はその腹いせのために君香の許に駆け込んだ……。君香という女ごはおっかさんが柳橋にいた頃の妹芸者で、何もかもを解ってくれて、源一郎さん、山源に戻ることはない、これからはあたしが母親代わりになって護ってやるからね、と言ってくれて……」

源一郎はそう言うと、ちらと襖の向こうへと目をやった。

「母親代わり？　では、男と女ごの間柄ではないと？」

龍之介が訊ねると、源一郎は、いえ……、と言った。

「長く一緒に暮らしていると、いつしか心底尽くになっちまって、君香を女ごとして思うようになりました。あの女はそれはもうよく尽くしてくれ、常磐津の師匠をしながら生活を支えてくれましてね。それに引き替え、俺は不甲斐ないことにぶらのさん（何もしないでゴロゴロとする）を決め込んで……。と、そんなふうに君香にだけ苦労をかけさせたのが祟りましてね。ついに君香が胸を病むことに……。これまで俺たちは品川宿にいたのですが、君香の出所が本所ということで、せめて最期は本所で迎えさせたく、三月前にここに移ってきたのです……」

源一郎はそう言うと、再び襖のほうに目をやった。

「もしかして、隣の部屋に君香さんが？」

お葉が訊ねると、源一郎は辛そうに頷いた。

「ええ……。本当は挨拶に出させないとならないのですが、此の中、頓に弱ってきて……。先ほどちょっと声をかけてみたのですが、とても皆さんの前に病んだ姿を晒すことが出来ないと言いますので、どうかお許しを……」

源一郎は気を兼ねたように、お葉と龍之介を上目に見た。

お葉の胸が重苦しいもので包まれていく。

まさか、君香までが病の床に臥していたとは……。

源伍と君香の狭間に立たされ、悶々とする源一郎の胸の内が手に取るように伝わってくる。

だが、辛くとも、ここはどうしても渡をつけなくてはならないのである。

お葉は茶を口に含むと、改まったように源一郎に目を向けた。

「源一郎さんが何故おとっつァんを許せないのかよく解ったよ。それに、病の君香さんを一人残して葭町に行けないと思う気持も……。だがね、一日くらい君香さんの傍を離れても構わないのじゃないかえ？　だって、婆やがいると言ってたじゃないか……。だったら、君香さんの世話を婆やに委せ、とにかくひと目、おとっつァんに姿を見せてやっておくれよ……。あたしもさァ、さっきのおまえさんの話を聞いて、何ゆえ総元締がおまえさんに逢いたがっているのか解ったような気がするんだよ。おとっつァんはきっとおまえさんに謝りたいんだよ。死期の迫っていることを悟り、どうしても、このままではあの世に逝けないと、そう思っていなさるに違いない……。だから、日々堂に百両の金を託されたのだと思うよ」

お葉がそう言うと、源一郎はとほんとした。

「百両……。一体、なんのことで……」

「そうだった！　この話はまだしていなかったんだね。実はね、源一郎さんがこの金を本当に入り用としているかどうか、日々堂が確かめたうえで渡してやってくれと、百両もの金を預けなさったんだよ。おとっつァんは最後の最後までおまえさんのことが案じられてならなかったんだよ……。おまえさんに厳しく当たったのも、山源を背負って立つ強い男になってほしいと思ったからだろうし、おっかさんに辛く当たったのは、息子のひ弱さの責めをおっかさんに負わせようとしたからなんだろうが、根っこの部分では、息子が愛しくて堪らなかった……。愛しいからこそ腹立たしく、不器なおとっつァんには、おまえさんを抑えつけることしか出来なかったのじゃなかろうか……。総元締はね、おまえさんに逃げられて三百落としたような気になったのだろうさ。おまえさんを奪っていった君香さんを憎んだことも悔いたのだろう……。が、もう何もかもが手後れで、後の祭……。それで、総元締はやっとのことで心に折り合いをつけ、山源を宰領に託すことにしたんだろうが、おまえさんのことがどうしても気懸かりでならず、それで、百両の金を遺すことにした……。宰領に託さず日々堂に託したのは、部外者のほうが公平な判断が出来ると思ったからだと思うよ……。ただし、一度に渡すのではなく、おまえさんが金の入り用なそのときどきに、それに見合った金を渡すように……、とそう言われていてね……。どうだえ、親心だと思わないかえ?」

お葉は源一郎を見据えた。

源一郎がぽつりと呟く。

「要らねえや、そんな金……」

「要らない? 今、確かにそう言ったね? てんごう言うのも大概にしな! 何が要らないだよ。じゃ、はっきり言わせてもらうよ。おまえさん、これまでさんざっぱら君香さんの世話になってきたと言ったじゃないか! 苦労をかけさせたせいで身体を毀してしまったとも……。だったら、現在こそ、君香さんの恩に報いるときじゃないかえ？　失礼だが、見たところ、あまり暮らし向きがよくないようだが、医者には診せてるんだろうね？」

「ええ、一応……」

「一応とはなんだえ！　医者にも竹庵（藪医者）、でも医者（へぼ医者）といろいろあってね……。高直な薬料（治療費）を取っておいて、ろくすっぽう手当をしない医者もいる……。それに、この病は滋養のある食べ物を食べさせないと体力が続かないんだからさ！　どうだえ、それが出来ているのかえ？」

お葉に睨めつけられ、源一郎が鼠鳴きするような声を出す。

「いえ……。これまでは君香の蓄えた金を切り崩してなんとか凌いできましたが、それも、いよいよ心細くなってきて……。この際、四の五の言ってないで、俺が日傭の仕事に出ようかと考えていたところなんです」

「日傭の仕事に出るって？　ああ、それもよいかもしれない。現在こそ、君香さんに恩を返すときだからね。だが、この際、妙な意地は捨てて、おとっつァんの金を受け取るって手もあるからさ……。病人の治療に遣うんだもの、これは正当な使い道……。総元締から金を託された日々堂も快く渡せるってもんでさ。当面、十両ほど渡すことにするよ。それだけあれば、朝鮮人参を飲ませてもやれるし、滋養のある食べ物を食べさせてやることも出来る……。何より、おまえさんが病人の傍についていてやれるだろう?」

「でも……」

「でももへったくれもないさ！　おとっつァんはさァ、おまえさんと別れさせようと君香さんに辛く当たったことを悔いていなさるんだ……。あの金が少しでも君香さんの役に立つと思えば、心安らかにあの世に旅立てるってもんでさ……。だからさ、そのことも、おとっつァんの枕許でおまえさんの口から話してやっておくれよ。ねっ、葭町を訪ねてくれるだろ？　大丈夫、あたしも一緒に行ってやるからさ！」

「………」

と、そのとき、襖の向こうから啜り泣く声が聞こえてきた。

君香が堪えきれずに泣いているのであろう。

源一郎が挙措を失い、隣室へと入って行く。

お葉は龍之介と顔を見合わせた。

隣室からひそひそと囁き声が聞こえてくるが、何を話しているのかは判らない。

しばらくして、源一郎が客間に戻ってきた。

そうして、お葉の前で威儀を正すと、深々と頭を下げた。

「女将さん、親父の見舞いに行かせてもらいます。俺の目を開かせて下さり、有難うございます。心に蟠りを抱えたままあの世に旅立つことほど辛いことはないと言った、君香の言葉が身に沁みました……。それは親父も同じなのですよね？　このままでは、親父の心にも君香の心にも、何より、俺の心の中に蟠りが残ります。俺はなんという愚か者だったのか……。妙な意地はきっぱりと捨てることにしました」

お葉はほっと眉を開いた。

「そうかえ、解ってくれたんだね。では、そうと決まったからには、早いほうがいい。明日、葭町に行くことにしようじゃないか！」

「明日？」

「駄目かえ？」

「いえ、そんなことは……」

「じゃ、決まりだ！　明日、朝餉を済ませたら、黒江町の日々堂まで来ておくれでないか。そこであたしと落ち合い、それから二人で葭町に……。ねっ、それでいいだろう？」

「はい」

「ちょい待った！　あの脚では、明日も宰領は身動き取れないが、二人だけで大丈夫かな？」

龍之介が気遣わしそうにお葉を見る。

「山源の宰領のことを気にしているんだね？　言われてみれば、そりゃそうだ……。総元締は山源を宰領に託すことを念書に認めると約束してくれ、源一郎さんが総元締の見舞いに戻ることもちゃんと伝えてくれてるはずだが、それでも、実際に源一郎さんが現れたとなると、宰領も心穏やかじゃないだろうからさ……。妙な真似をしないとも限らない。じゃ、悪いけど、明日も戸田さまに付き合ってもらうことにしようか……。と言っても、明日は道場の日か……。じゃ、どうしよう……」

龍之介は頬を弛めた。

「何言ってるんでェ、付き合うに決まってるだろう？　道場のほうには断りを入れておくことにするよ」

源一郎が怪訝そうに龍之介を見る。

「こちらは日々堂の代書をなさっているのですよね？」

お葉がくすりと笑う。

「そうだよ。戸田さまは代書屋ではあるが、元を糺せば、鷹匠支配戸田家の次男坊……。居合の神明夢想流川添道場の高弟でね。ところが、この方も拗者で、千駄木の鷹匠屋敷を飛び出すと、日々堂の一員に……。それで現在は代書屋と門弟の指導を一日置きにやっているってわけでさ！　お陰で、うちは大助かり……。何しろ、腕に覚えのある用心棒を抱えているようなもんでさ。そんな理由だから、明日は大船に乗った気でいていいからさ！」

源一郎が納得したように頷く。

「それで、どこかしら高貴な感じが……。ご浪人にしてはただ者ではないと思いました。そうですか、鷹匠支配のね……」

龍之介が慌てる。

「止しとくれ！　現在は戸田家とは関わりがないのだからよ」

「戸田さま、照れることはないじゃないか！　おまえさんは押しも押されもしない戸田家の息子なんだからさ」

「なんでエ、女将までが……」

龍之介は不貞たような顔をした。

お葉と龍之介が暇を告げて冠木門に向かおうとすると、背後から、あっ、お待ちを！　と声がかかった。

振り返ると、源一郎が花鋏を手に小走りに寄って来るではないか……。

「お待ち下さい……。君香が、何ひとつお持て成しが出来ずに申し訳ない、と残念がっていまして……。せめて、庭の梅花空木でも伐って差し上げろと言いますので、どうかお持ち帰り下さい」

源一郎はそう言うと、梅花空木の根元に寄って行った。

「梅花空木は現在が盛りだもんね。じゃ、遠慮なく貰っておくことにするよ。これって、甚三郎が好きだった花でね……。早速、戻ったら仏壇に供え、源一郎さんのことを伝えておくよ」

お葉がそう言うと、龍之介が訝しそうな顔をする。

「これって、卯の花なんじゃや……」

「ああ、そうだよ。卯の花とも雪見草ともいってね……。卯月に咲くから卯の花というんだが、梅花空木の梅花は花の形が梅の花に似ているからで、空木というのは茎の中が空ろになっているから……。そして、雪見草は固まって咲く花が雪のように見えるから……。ねっ、よい匂いがするだろう? いかにも夏って感じだ。これは誰が植えたのかえ?」

梅花空木に鋏を入れていた源一郎が、えっとお葉を振り仰ぐ。

「さあ……。俺たちが越してきたときにはすでに植わっていまして……。君香には紫陽花を差し上げたほうがよいのではと言ったのですが、君香が女将さんには梅花空木のほうがよく似合うと言い張りましてね。あっ、もう少し伐りましょうか?」

「いえ、もうそのくらいで……。ああ、それだけあれば充分だ。君香さんにあたしが悦んでいたと伝えておくれ」

お葉が束にされた枝を受け取る。

つんと芳香が鼻を衝いた。

「有難うよ。では、明朝待っているからさ!」

お葉が微笑み踵を返そうとする。

その刹那、つと、客間の障子越しに人影が動くのを目に捉えた。

あっと、お葉が振り返る。

が、人影はもうどこにもない……。

おそらく、君香が障子の陰から庭を窺っていたに違いない。

本当は挨拶に出させないとならないのですが、此の中、頓に弱ってきて……。先ほどちょっと声をかけてみたのですが、とても皆さんの前に病んだ姿を晒すことが出来ないと言いますので、どうかお許しを……。

源一郎の言葉が甦った。

ああ……、とお葉の胸の内が熱くなる。

それでなくても君香は源一郎の母親といってもよい歳で、しかも、病で衰弱しているとなると、人前に出たくないと思う気持が解らなくもない。

とは言え、君香には、お葉が源一郎と父親(てておや)の中を取り持ってくれたことが嬉(うれ)しくて堪らなかったのではなかろうか……。

それで、せめて遠目にお葉の姿を覗(のぞ)き見て、胸の内で、礼のひとつも言いたかったのでは……。

梅花空木の花言葉は、気品、思い出、わたしを忘れないで……。

「えっ、忘れ物かい？」

突然振り返ったお葉に、龍之介が驚いたように声をかけてくる。

お葉は前を向くと、なに、なんでもないんだよ、と答えた。

正午近くになるのであろうか、風の香に梅花空木の香りが溶け込んでいく。

「どうしたよ？　突然、黙りこくっちまって……」

肩を並べて歩きながら、龍之介が声をかけてくる。

「だって、喋ることなんてないじゃないか」

お葉はぞん気に答えた。

喋ることがないのではなくて、喋りたくないのである。

現在は、この花の匂いに酔い痴れていたいだけ……。

卯の花や　妹が垣根のはこべ草　　　　与謝蕪村

柄にもなく、そんな句がつっとお葉の頭を過ぎる。

ふっと、君香が傍にいるような気がした。

「ああァ、腹減った！」

龍之介が素っ頓狂な声を出す。

もう！　戸田さまったら……。

お葉はじろりと龍之介を睨みつけ、足早に彌勒寺のほうへと歩いて行った。

はたた神（がみ）

「おや、裁ち下ろしかえ？　繁菱模様の越後上布とは、なかなか乙粋じゃないか……。似合ってるよ」

お葉がそう言うと、お通しを運んで来た文哉がまんざらでもなさそうに相好を崩す。

「それがさ、箪笥の衣替えをしていたら、三年も前に買った反物が手つかずのまま眠っているのに気づいてさ……。これはなんでも仕立てて、この夏に着てやらなきゃと思ってさ……。もう少し派手めな色なら、みすずの着物に仕立ててやってもよかったんだが、鼠地に藍気鼠の繁菱じゃ、どう見ても地味だろ？　それであたしが着ることにしたんだよ。お葉さんだって、井桁の黒絣がなかなか粋じゃないか！」

「これのこと？　何言ってんだよ、着古しじゃないか……。もう六年近く着ているけど、甚三郎が買ってくれたと思うと、愛着があってさ……。水無月の声を聞くと、ついこの着物に手が伸びちまってさ」

お葉が両袖をちょいと掲げてみせ、感慨深そうに小千谷縮に目をやる。

それを見て、友七親分がチッと舌を鳴らす。

「なんでェなんでェ、互ェに褒め合ってりゃ世話はねえや……。着物の話となったら、女ごはすぐこうなんだから嫌になっちまう！」

「てんごう言ってるんじゃないよ！　女ごがそうだから、親分ちの古手屋も儲かってるんじゃないか」

お葉に睨めつけられ、友七が首を竦める。

「言えてらァ……。殊に、現在の季節は大忙しでよ。お文もお美濃も夜叉みてェに目を吊り上げてヒイヒイ言ってるからよ。俺ャ、此の中、家に帰ってても居場所がなくってよ……」

「それで、今宵、あたしを千草の花に誘ったのかえ？　文哉さん、聞いておくれよ……。親分たら、さあ、夕餉を食べようかって段になって訪ねて来たかと思うと、問答無用であたしをここに引っ張って来たんだからね！　お陰で、鰹の刺身を食いそびれてしまったじゃないか……」

お葉が恨めしそうに言うと、だから、鰹なら千草の花で食えばよいと言ったじゃねえか……、おっ、女将、お葉に鰹を食わせてやってくんな！　と文哉に目まじする。

「あい済みませんねえ……。今宵は鰹は仕入れてなくって……。その代わりに、鱧のよいのが入っていましてね。鰹は皐月までで、現在はもっぱら鱧か鮎……」

鱧と聞いて、お葉の顔がぱっと輝く。

「いいねえ、鱧！　それでいこうじゃないか」

「これだよ……。おめえの現金なのには、呆れ返る引っ繰り返るだ。まっ、なんでもいいや！　鱧でも鮎でもじゃんじゃん食わせてやってくんな！　鳥目（代金）のこたァ案ずるには及ばねえ。ちょいとばかし、今宵は懐が暖かくてよ……」

友七がポンと胸を叩く。

「おや、豪気じゃないか！　まさか、後ろめたいことのある大店から袖の下を握らせられたのじゃないだろうね？」

お葉がちょっくら返すと、友七がムッとした顔をする。

「てんごう言うのも大概にしな！　俺がそんなことをするような男に見えるか？　莫迦も休み休み言うんだな！」

「おお、怖！」

お葉は肩を竦めた。

文哉はくっと肩を揺すると、ふわりとした笑みを寄越した。

「では、料理はお委せってことでいいですね？　けど、その前に、煮凝りを食べてみて下さいな。冷たくて美味しいですよ」

文哉はそう促すと、板場に注文を通しに戻って行った。

「これか？　ほう、美味そうじゃねえか……」

友七が木匙で煮凝りを掬って、口に運ぶ。

「おっ、ひんやりとしていて、こいつァ堪んねえや！　なになに、海老に椎茸、三つ葉、おっ、白身魚まで入ってるじゃねえか……。これがお通しとは、なんとも贅沢なものよ」

「しっ、大きな声を出すもんじゃないよ……。これはあたしたちに特別に出されたものなんだからさ。ほら、見てごらんよ。他の客にはそれらしきものが見当たらないじゃないか……」

お葉が伸び上がるようにして、土間の長飯台を見廻す。

「もう食っちまった後なのかもしれねえぜ」

「いや、違うと思うよ……。お通しにこんなものを出していたのでは、忽ち、屋台骨が傾いちまう……。これは、文哉さんの気扱なんだよ」

「そうかもしれねえな……。おっ、四の五の言ってねえで、おめえも食ってみな！頰っぺが落っこちそうなほど美味ェからよ」

お葉も木匙で煮凝りを掬い、口に含むと目をまじくじさせる。

寒天の中に魚の旨味が凝縮されているかのようで、ぷるぷるとした舌触りが、また堪らない。

「ホントだ！板頭がまた腕を上げたようだね」

そこに、小女のお順が銚子を運んで来た。

「いらっしゃいませ！」

「お順、おや、いたんだね……。なんだかおまえの顔を見るのは久し振りのような気がするが……」

「そう言えばそうですよね。けど、ちゃんといたんですよ。ただ、女将さんがここにいらっしゃったときに、たまたまあたしがいなくて……」

お順は含羞んだような笑みを見せた。

お順は日々堂が斡旋した女ごである。

「どうだえ？　みすずが見世に出なくなったんで、人手が足りなくて困ってるんじゃないのかえ？」

「いえ、新しくおみなちゃんが入ってくれたので……」

「そうだったね。板脇の淳吉って男の妹なんだって？」

「ええ、よく働いてくれるので助かっています」

そこに、文哉とおみなが料理を運んで来た。

「ほれ、お順、長飯台の客が呼んでるじゃないか！　見世全体に気を配ってないと駄目だ、といつも言ってるだろ？」

お順は慌てて小上がりから下りていった。

「お待たせ！　はい、これが鱧の湯引……。梅ダレと山葵の両方を用意しましたんで、お好きなほうで上がって下さいな」

文哉がお葉と友七の前に鱧の湯引と醤油の入ったお手塩を並べたのを見て、おみなが海老の白和えの載った盆をぬっと突き出す。

「なんだえ、この娘は！　申し訳ありませんねえ……。躾が行き届いてなくて……。あとで叱っておきますんで、許してやって下さいな……。それで、これが海老の白和え……。豆腐、胡麻、白味噌を混ぜたものに、海老を和えましたの……。ちょいと面白い風味合がしますので、食べてみて下さいな」

文哉が気を兼ねたように言う。

「この娘が板脇の妹だったよね？」

「ええ、みすずが見世に出られなくなったもので、急遽、雇い入れたのはいいけど、なんせ、手取り足取り教えないと自らは何ひとつ出来なくて……」

「まだ二月じゃないか……。今に、いちいち言われなくても、次は何をすればよいのか解るようになるさ……。おみなちゃんとか言ったね？　あたしは便り屋日々堂の女将お葉だ。そして、こちらが蛤町の友七親分だよ。これからもちょくちょく来ることになるので、憶えておいておくれ」

おみなは恥ずかしそうに頷いた。

「おみな！　ちゃんと挨拶をしなきゃ駄目じゃないか！」

文哉がおみなを睨みつける。

「おみなです。宜しくお願いします」

おみなが鼠鳴きするような声を出す。

「なんだって？　聞こえないよ」

「おみなです。宜しくお願いします」

おみなは今にも泣き出しそうな顔をした。

「まったく、この娘ったら！　もういいから下がりなさい」

文哉に言われて、おみながしおしおと下がって行く。

「文哉さん、そこまで厳しくしなくても……」

お葉がそう言うと、友七も頷く。

「そうでェ……。客商売は初めてなんだ。そのうち慣れるだろうからよ」

「客商売は初めてといっても、あたしがみすずを引き取ったのは、あの娘が十六歳のときだよ？　おみなより一歳下のみすずが出来たことが、なんでおみなに出来ないのかと思うと、つい、気が苛っちまってね……」

「みすずと比べちゃ駄目だ！　あいつは父親が島送りになってからというもの、病のおっかさんの薬料（治療費）を稼ごうと、子供に出来ることならなんでも熟して立行してきたんだからよ……。そのおっかさんにも自ら生命を絶たれてみな？　悲惨なんてもんじゃねえからよ……。おめえはそんなあいつに手を差し伸べてくれた……。それで、みすずはおめえに気に入られようと懸命にならざるを得なかったのよ。だからよ、そんなみすずと比べちゃ、おみなが可哀相だ。まっ、長い目で見てやるこった……」

「解ってるんだけどさ……。さっ、お上がって下さいよ。板頭がね、お二人が見えたと言ったら、これはなんでも腕に縒りをかけなくっちゃと張り切っていたんで、愉しみにしていて下さいな！　それはそうと、今宵は戸田さまは一緒じゃないんで？」

　文哉がお葉を瞠める。

　お葉はつと眉根を寄せた。

「それがさァ、今日は道場の日だったんだけど、あたしが日々堂を出るまで戻って来なくてさ……。帰りが遅くなると聞いてなかったもんだから、おはまが心配してさ」

　友七がヘン、と鼻で嗤う。

「おめえら、戸田さまを一体幾つだと思ってるのよ！　大の大人が少々帰りが遅ェからって、皆して騒いでどうするってェのよ。戸田さまにだって、付き合いってもんがあらァ……。おそらく、道場の仲間とそこら辺りで一杯引っかけてるんだろうから、案じるこたァねえっていうのよ……。おっ、この湯引、堪んねえぜ！　俺ヤ、やっぱ、梅ダレより山葵醤油のほうがいいな」

　そう言い、空になった銚子を振ってみせる。

「これは気づかなくて……」

　文哉は燗場に向けて、ポンポンと手を打った。

締めの鮎飯は、板頭の克二が手ずから運んで来た。

お葉が克二の手にした土鍋を見て、目をまじくじさせる。

文哉から今宵の締めは鮎飯と聞いていたので、てっきり茶碗に装って運んで来ると思っていたのに、まさか、このような趣向だったとは……。

「お待たせしやした」

克二は飯台の上に土鍋を置くと、改まったように辞儀をした。

「いかがでやしたでしょう、今宵の料理は……」

「何もかも、美味しく頂きましたよ。おまえさん、また腕を上げたね」

「おう、克つァんよ、鱧も鮎の塩焼も美味かったが、俺ャ、最初に出た煮凝りがいっち気に入ったぜ！　お通しにしては偉ェことときばったものよと思ったが、ありゃ、俺たちのために特別に作ってくれたんだってな？」

友七がそう言うと、克二が照れ臭そうに文哉に目をやる。

「いえ、わざわざ作ったわけじゃなく、夏場のお品書に加えちゃどうかと思い、試しに作ってみたんでやすよ……。するてェと、親分と日々堂の女将さんが見えたと聞いたもんだから、急遽、味利きしてもらうことにしたんでやすよ……」

「えっ、じゃ、文哉さんに食べさせようと思っていたのに、あたしたちが横取りをしちまったってことなのかえ？　それは悪いことをしたねえ……」

お葉が気を兼ねたように文哉を見る。

「なに、いいんですよ！　味利きというのなら、あたしなんかより口の肥えたお葉さんにしてもらうほうがいいに決まってますからね……。それに、親分にこんなに悦んでもらえたんだもの、克二も作り甲斐があったというもの……。克二、良かったじゃないか！」

へっ……、と克二が嬉しそうな顔をする。

「では、鮎飯を装わせてもれエやす」

克二が土鍋の蓋を開ける。

ワッと湯気が立ち昇り、中から、ご飯の上に放射状に並べられた小ぶりの鮎が……。

まあ……、とお葉は目を瞬いた。

なんと心憎い演出であろうか……。

醬油味の茶飯仕立てで炊いたご飯の上に焼鮎を載せたのであろうが、蓋をして蒸らしたことで、焼鮎の芳ばしさがご飯に移る……。

克二は目の前で鮎の頭と骨を抜き取ると、杓文字で身を解し、ご飯に混ぜ合わせた。

つんと芳ばしい香りが漂ってくる。

「へっ、召し上がってみて下せえ」

克二は茶椀に鮎飯を装うと、お葉と友七の前に置いた。

「こいつァ美味そうだぜ！　おっ、お焦げがなんとも堪んねえや」

友七が鮎飯を口に入れ、でれりと眉を垂れる。

「ホントだ！　ほんのりと苦みの利いた鮎と醬油飯の相性のよいこと……」

お葉も目許を弛める。

「どんどんお代わりをして下せえ。じゃ、あっしはこれで……」

克二がひょいと頭を下げ、板場に戻って行く。

その背を見送り、お葉は文哉に目弾した。

「文哉さん、克二さんに板場を委せている限り、千草の花も安泰だね」

「ああ、本当に、よい板さんに来てもらったと思ってるよ」

「克二さんは幾つだっけ？」

えっと、文哉が目をまじくじさせる。

「さあ……。三十路半ばだと思うけど、それが何か？」

「所帯を持ってるのかえ？」

「いえ、まだ独りだけど……。なんでそんなことを訊くのさ」

「いえね、文哉さんとお似合いじゃないかと思ってさ！」

お葉がそう言うと、文哉は挙措を失った。

「莫迦なことを言わないで下さいよ！　あたしを幾つだと思ってるのかえ？　四十七の婆さんを摑まえて、よくもまあ、そんなてんごうを……」

「一廻りほど歳が違うからって、それがなんだというのよ……。世の中には親子ほど歳の違う夫婦がいるからさ。山源の息子なんて、おっかさんと思ってよいほど歳の離れた女ごと所帯を持ってるからね……」

「止して下さいよ！　世間にはそんな人がいるかもしれないが、あたしはお葉さんのおとっつァんと鰯煮た鍋（離れがたい関係）となった女ごだからね……。おとっつァんとはあんな別れ方をしなくちゃならなかったけど、あたしの胸の内にはいつもあの男がいた……。あの男があんな死に方をしたと聞いてからは、ますます愛しくなってね。あたしの中では、あの男はまだ死んじゃいない……。お葉さんだってそうだろう？　日々堂の旦那が亡くなって四年も経つというのに、おまえさんの中では、まだ旦那は生きている……。ねっ、そうじゃないのかえ？」

いきなり甚三郎を持ち出され、お葉の胸がカッと熱くなる。

「ああ、そうだけど……。あたしの亭主は後にも先にも、甚三郎だけ！　あの男を超える男なんて、この世にはいないからさ。あぁァ、嫌だ……。逢いたくなっちまったじゃないか……」

「だろう？　あたしだって同じでさ……。おまえさんのおとっつァんと道ならぬ恋に落ちたあたしが言うのもなんだけど、あの男はあたしにとって生涯の男だったんだよ。だから、あの男と別れてから他の男には見向きもしなかったし、それはこれからも同じでさ……。そんな理由だから、二度と莫迦なことを言わないでおくれよ」

「ああ、解ったよ」

すると、友七が割って入ってくる。

「黙って聞いてりゃ、おめえら、一体何を考えてる？　だって、そうだろうが……。文哉の言うあの男ってェのは、お葉のおとっつァんだぜ？　お葉はてめえのおとっつァんを文哉に奪われ、それが原因でおっかさんが陰陽師にとち狂って見世の金を持ち出したために、よし乃屋は身代限り……。そればかりか、おとっつァんが首縊りしちまったんだからよ……。それなのに、お葉は文哉を憎むどころか、実の母娘のように文哉に心を許してるんだもんな……」

「だって、そんなことになったのは、おっかさんが婿養子のおとっつァんを見掠めてたからじゃないか！　あたしにはおとっつァんが文哉さんに癒しを求めた気持がよく解る……。ところが、文哉さんはおっかさんに責め立てられて、身を退いた……。文哉さんは自分さえ身を退けば何もかもが甘く回ると思っていたのに、おっかさんのしたことといえばなんだえ！　まるで、おとっつァんに腹いせをするかのように陰陽師のあとを追って上方に行っちまったんだからね……。それだけならまだしも、見世の有り金すべてを持ち出し、そのために、おとっつァんはつい高利の金に手を出すことに……。あたしはさァ、おとっつァんを殺したのはおっかさんだと思ってる……。だから、文哉さんは悪くはないんだ！　だって、文哉さんは自分が姿を消した後に、まさかよし乃屋があんなことになり、おとっつァんが首縊りするとは思っていなかったんだからさ……。　親分もその辺りの事情を知ってるくせして、なんだっていうのさ！」

お葉がムキになると、友七が苦笑いをする。

「まあまあ、そうムキになるもんじゃねえ……。俺ャ、解っていて、おめえらの仲の良さをちょうらかした（からかった）だけなんだからよ。ところで、さっき山源の息子のことを例に出して言ってたようだが、その後、どうなったのかよ？　おめえ、源一郎という息子を連れて葭町を訪ねたんだろ？　いや、これは宰領（大番頭格）から聞いたんだがよ……」

友七が慌てて話題を変える。

「宰領が言ったのかえ？　あのお喋りが……。ああ、無事に父子の再会とあいなったよ。総元締の悦びようときたら……。源一郎の手を握り締めてさ。呂律の回らない口で、済まねえ、済まねえって泣きながら言うのさ……。源一郎も同じでさ……。逢えば、恨み辛みのひとつでも言うかと思っていたのに、源一郎も不肖の息子を許してくれとぽろぽろと大粒の涙を流してさ……。父子の間では、もうそれ以上の言葉は要らない……。百万遍の言葉より、握り合った手で、互いに胸の内を伝えることが出来たんだからさ……。あたしも戸田さまもその姿を見て、泣けてね……」

「で、どうなった？　源一郎は山源に戻ることになったのか？」

「いや、山源は宰領の辰次に譲ると念書を認めた後だったしね……。それに端から源一郎には見世を継ぐ気がないものだから、その日は二刻（約四時間）ほど葭町にいただけで、源一郎はあたしたちと一緒に戻って来たんだよ」

「で、山源の宰領はどんな反応を見せたのかよ……。正さんの話じゃ、辰次という男はとても一筋縄じゃいかねえ男なんで、源一郎の姿を見たら、ただじゃ済まさねえのじゃなかろうかということだったが……」

友七が興味津々といった顔をする。

「親分をがっかりさせて済まないが、辰次の奴、母屋には一切寄りつこうとしなかったよ……。それが、念書を貰って安堵したからなのか、それとも、これから何か仕掛けてくるつもりで手薬煉を引いて待っているからなのか……。どっちにしても、辰次がなんら反応を見せなかったのが、不気味でさァ……」

友七が腕を組み、うーんと唸る。

「だがよ、辰次が何か動きを見せるといっても、どう動く？　動きようがねえだろうに……。源一郎は山源には戻りたくねえんだからよ。あっ、そうか！　現在は源一郎も病の女ごを抱えて身動きが取れねえが、女ごが死んだら気が変わり、山源を返せと迫ってくるのを警戒してるってことか？」

お葉が呆れ返った顔をする。

「そんなことがあるわけがない！　源一郎は山源に未練がないんだからさ……。仮に、この先、君香さんが亡くなるようなことがあっても、山源に乗り込むなんてことは絶対にない！」

「じゃ、今後、源一郎はどうやって立行していくのよ……。これまでは女ごに稼がせて、てめえはぶらのさん（何もしないでゴロゴロとする）を決め込んでいたというんだからよ」

どうやら、正蔵は日々堂が山源から百両託かっていることまでは話していないようである。

お葉は平然とした顔で、さあね……、男一匹、なんとでもするだろうさ、と答えた。

すると、それまで口を挟むことなく黙って聞いていた文哉が、二人にお茶を淹れながらぽつりと呟いた。

「大丈夫ですよ。源一郎って男は芸事に秀でてるって話だから、それを生かせばなんとでも立行していけますからね……。早い話、目の見えなくなったみすずのおとっつアんも、篠笛が吹けるってことで、立派にお座敷を務めていますからね……」

「おお、そうか……。その手があったんだ。女ごに代わって、今度は源一郎が弟子を取ればいいんだからよ……。ああァ、莫迦莫迦しい……。人の疝気を頭痛に病むだけ損ってもんだ！　止アめた、止めた！」

友七はそう言うと、文哉が淹れてくれた茶をぐびりと飲んだ。

その頃、戸田龍之介は深川松井町の川添道場にいた。

門弟に稽古をつけた後、龍之介が井戸端で汗を拭っていると、川添耕作の妻女香穂が背後から声をかけてきた。

「戸田さま、宜しければ、夕餉を一緒にどうかと主人が言っていますが、お急ぎですか？」

龍之介は慌てて諸肌脱ぎにした胴着を肩に戻すと、いえ、別に急いで帰らなければならない用はありませんので……、と答えた。

香穂がくすりと笑う。

「ごめんなさい。驚かせてしまったようですね」

香穂は笑いながら、お腹にそっと手を当てた。

此の中、香穂のお腹はかなり膨らみが目立つようになってきた。

おそらく、六月に入るのであろう。

「田邊さまや菊池さまもお呼びしているのですよ」

「菊池も？」

龍之介が訝しそうな顔をする。

それもそのはず、菊池市之進は川添道場に束脩を入れてまだ半年なのである。

しかも、やっと目録を貰えたばかりで、そんな男が師匠や師範代と一緒に会食とは
……。

が、龍之介は畏まりました、すぐに参ります、と答えた。

着替えを済ませて書斎に入って行くと、耕作が傍に寄れと手招きをした。

見ると、座敷の真ん中に七輪が置かれ、七輪の上では泥鰌鍋がふつふつと煮立っているではないか……。

「福太が泥鰌を大量に持って来てくれたのでな。急遽、泥鰌鍋を皆でつつこうということになったのよ」

耕作がちらと田邊に目まじする。

「福太の奴、せっせと魚を届ければ剣術の腕が上がると思っているらしくてよ……。まっ、お陰で俺たちも相伴に与ることが出来るってもんで、それはそれでよいのだがよ」

田邊がにたりと笑う。

福太というのは魚新（魚屋）の息子で入門して半年になるが、見たところ、一向に上達しているとは思えない。

が、感心なことに、一度も稽古を休むことなく通っているのだった。

「ほれ、戸田、箸を伸ばせよ。香穂に酒を燗けるように言っておいたので、今宵は無礼講といこうではないか！」

耕作に促され、龍之介が片口鉢に木杓子で泥鰌や牛蒡を掬い取る。

「菊池も遠慮するでないぞ……。実は、菊池をこの場に加えたのは、菊池がいささか気になることを知らせてくれたのでな……」

耕作が龍之介に目を据える。

「気になることとは……」

「小弥太のことよ」

田邊が割って入る。

「小弥太の？　何ゆえ、この者が小弥太のことを……」

龍之介はそう言い、あっと息を呑んだ。

そう言えば、菊池の父親は門番同心と言ってたっけ……。

菊池が気を兼ねたように口を開く。

「わたしの父は桜木直右衛門さまの配下……。実は、これまでは桜木家の婿どのが以前この道場の高弟だったということを知らなかったのですが、先つ頃、登和どののご亭主が三崎小弥太という御徒組の次男で、神明夢想流の川添道場で研鑽していたという噂を耳にしまして……。川添道場といえば、わたしが通っている道場ではありませんか！　それで、師範代に本当にそんな方がいたのかと訊ねたというわけでして……」

田邊が続ける。

「驚いたのなんのって……。まさか、菊池が桜木の配下だったとはよ。それだけではないぞ！　もっと驚くことがあるので、戸田、心して聞けよ。おっ、菊池、話してやれ！」

菊池は怖ず怖ずと話し始めた。

「登和どののご亭主が三崎という方なら、此度、登和どのがめでたくご嫡男を挙げられたことを教えて差し上げれば、さぞや、師匠も師範代もお悦びになるのではと思い、桜木家に赤児が生まれたことをご存知なのかと訊ねたのですよ」

「なんだって！　小弥太が父親になっただと？」

龍之介は思わず大声を上げた。

そこに、香穂が銚子を運んで来た。

「おう、済まない」

耕作が盆を受け取ると、香穂は突き出たお腹を庇(かば)うようにして、そろりと坐(すわ)った。

「赤児(やや)が生まれたことがそんなに驚くことでしょうか？　小弥太さまは登和さまと夫婦(めおと)になられたのですもの、赤児(やや)が生まれるのは当然ではないですか……」

「ああ、それはそうなのだが、驚くなかれ、なんと、赤児(やや)が生まれたのが三月というのだぞ？」

耕作が皆に銚子を配りながらそう言うと、再び龍之介が、三月ですって？　と素(す)っ頓狂(とんきょう)な声を上げた。

「だろう？　小弥太が祝言(しゅうげん)を挙げたのは重陽(ちょうよう)（九月九日）だ。誰が考えても、三月に赤児(やや)が生まれるというのは不自然ではないですか？」

田邊が龍之介に目まじしてみせる。

龍之介が指折り数える。

「十、十一、十二、一、二、三……。六月(むつき)で生まれたことになるが、香穂どの、六月(むつき)で生まれた赤児(やや)がまともに育つものでしょうか？」

香穂は首を傾(かし)げた。

「確かなことは判りませんが、おそらく、生まれても育たないのではないでしょうか」

「だが、菊池の話では、赤児はすくすくと育っているという……。妙ではないか?」

耕作が怪訝そうな顔をする。

「考えられることは、祝言を挙げる前から、小弥太が登和どのと乳繰り合っていたってこと……。おっ、戸田、おまえは小弥太と親しくしていたが、そんな気配を感じたことがあるか?」

田邊が龍之介の顔を覗き込む。

龍之介は慌てた。

「小弥太に限ってそんなことはありません! あの男はそんなことの出来るような男ではありません」

「小弥太はそうであっても、女ごのほうから濡れかかってきたとすれば、登和どのは滅法界な美印(美人)というから、小弥太もその気にならないとは限らない……」

田邊がやっかみ半分、ちょうらかしたように言う。

「いえ、それはありません!」

龍之介はきっぱりと言い切った。

「やけに自信たっぷりな言い方だが……」

「そうだぜ……。えっ、おぬし、何か知っているのか?」

耕作と田邊が龍之介を見据える。

龍之介は狼狽え、目を泳がせた。

小弥太は登和に他に好いた男がいて、今後も、その男との関係を続けていくことに納得したうえで、桜木家に入ったのである。

が、耕作も田邊もそのことを知らない。

小弥太は自分を信頼して打ち明けてくれたのだから、口が裂けても、口外するわけにはいかない……。

龍之介は慌てて首を振った。

「いえ、わたしは何も知りません……」

その刹那、小弥太が辛そうに顔を歪めて言った言葉が、龍之介の脳裡をゆるりと過ぎっていった。

「このことは、誰にも話すつもりはなかったのだ……。無論、兄や姉にも話していない。二人とも俺がまたとない良縁に恵まれたと悦んでおるのでな。正な話、おぬしにも話すつもりはなかった……。とは言え、これから先、俺は欺瞞の中で堪え忍んでいけるのだろうかと思うと、不安でよ……。それで、誰か一人でも本当のことを知っておいてもらえたらと思ってよ。と言うのも、見合の後、二度ほど登和どのに逢ったのだが、逢う度に登和どのへの想いが募ってきてよ……。今になって、次太夫の気持が理解できる気がしてよ。あの女のためなら、なんだって出来る！　登和どのに他に男がいても、あの女の傍にいられるのであれば凌いでいける……。その覚悟は出来ているのだ。済まなかったな。こんな繰言を聞かせてしまって……」

待てよ……、見合の後、二度ほど逢った……。

では、小弥太はそのときに登和どのと……。

いや、それはない！

元々、この縁談は小弥太の竹馬の友、佐々見次太夫との間で進められていたのだが、次太夫の急死を受け、急遽、小弥太にお鉢が回ってきたのである。

しかも、信じられないことに、その次太夫も、登和には他に好いた男がいると知っていて、黙認しようとしたというのである。

そして、登和の父直右衛門は、娘が道ならぬ恋に走っていると知りながら、世間の目を欺くために婿取りを急いだという。

あっと、龍之介は胸を突かれた。

登和の産んだ子は、小弥太の子でも次太夫の子でもなく、その男の子なのでは……。

だとすれば、桜木家が婿取りを急いだのも頷ける。

直右衛門は娘が不義を働いていることに気づき、婿取りを急がなければと思っていたところに、次太夫の急死……。

慌てた直右衛門は、婿に来てくれるのであれば誰でもよいとばかりに、次太夫が今際の際に呟いた、三崎小弥太に白羽の矢を立てたのではなかろうか……。

御徒組三十俵二人扶持の厄介者の小弥太にしてみれば、ぼた餅で叩かれたようなもの……。

登和に他の男がいようと、傍にいられるのであれば凌いでいける……。

小弥太はそう納得して桜木家に入ったのだが、その時点では、小弥太は登和が懐妊していることに気づいていなかったと思える。

が、日増しに大きくなっていく登和のお腹……。

如何になんでも、小弥太にも登和のお腹の子が自分の子でないことくらい解ったはず……。

小弥太、現在、おぬしは何を思っている……。

龍之介は遣り切れない想いで、ふうと太息を吐いた。

「戸田、どうした、ぼんやりして……。ちっとも箸が進んでいないではないか！」

耕作に言われ、龍之介はハッと我に返った。

「小弥太に何か祝いの品を贈らなくてよいのでしょうか」

田邊が手酌で酒を注ぎながら言う。

龍之介は慌てた。

「いや、止したほうがよいでしょう」

「…………」

「…………」

耕作も田邊もとほんとした。

「小弥太は道場を辞めた男です。しかも、文を出しても返事もなく、わたしが屋敷を訪ねると、追い返された……。つまり、過去に繋がるものとは縁を切りたいと思っているということ……。祝いを贈っても、突き返されるだけでしょう」

ああ……、と二人が頷く。

「戸田の言うとおりかもしれないな」

「いらぬおせせの蒲焼ってか？　ああ、上等じゃないか！　俺たちも小弥太を気にかけるのは止すことにしようではないか」

　すると、菊池が心許ない声を出した。

「あのう……。わたしは差出をしてしまったのでしょうか？　桜木家に赤児が生まれたことを話さなかったほうがよかったのでは……」

　菊池が怖々と皆を窺う。

　耕作たちはぷっと噴き出した。

「あら、そんなことはありませんよ。気になさらず、さっ、菊池さまもお上がり下さいな」

　香穂がふわりとした笑みを寄越すと、菊池は安堵したように頷いた。


　川添道場を出て、龍之介は夜風を頬に受け、ぶらぶらと六間堀沿いに北ノ橋に向けて歩いて行った。

　桜木登和……。

　つっと眼窩に、お高祖頭巾を被った細身の姿が甦った。

小弥太が登和と祝言を挙げて二月半ほどした頃であろうか、いきなり道場を辞めると文を寄越したのである。

耕作も田邊も文を見て、途方に暮れたような顔をした。

そこで、龍之介が何ゆえ辞めなければならないのかと文を認め、日々堂の若衆に届けさせることになったのだが、小弥太からは梨の礫……。

耕作も田邊も首を傾げた。

「まさか、桜木家の若党が文を握り潰してしまい、小弥太の手に渡っていないということはなかろうな?」

田邊がそう言うと、龍之介と耕作は顔を見合わせた。

「まさか……」

「それは考えられません。婿養子といっても、若党から見れば小弥太は主人……。家士に勝手な真似が許されるはずがありません」

龍之介の言葉に耕作は頷いたが、少し間を置いて、いや、握り潰したのが若党でなければ、あり得る話かもしれない……、と呟いた。

「と申しますと?」

「若党が文を小弥太に渡す前に舅の……、なんと申したかのっ……」

「桜木直右衛門どのでございますか？」

「おう、その直右衛門どのに文を見せたとすれば……」

「では、直右衛門どのが文を握り潰したと仰せなのですか！」

龍之介が思わず甲張った声を出すと、田邊も仕こなし振りに相槌を打った。

「そうよ、それに違いない！　いや、待てよ。若党は登和とかいう妻女に渡したのかもしれない……。いずれにしても、小弥太は桜木家においては新参者……。しかも、格下の家から婿に入ったとなれば、若党が本人に直接渡す前に旦那さまに見せるべきと思ったところで不思議はないからよ」

「だが、そうだとしても、何ゆえ、わたしの文を小弥太に見せずに握り潰すのでしょう。文の中身を読まれたとしても、道場を辞めると伝え聞いたが、何ゆえ辞めるのか、あれほど剣術が好きだったおぬしが辞めるというのはそれなりの理由があるのだろうが、それならそれで説明してもらわなければ、師匠も師範代も理由が解らずに怪訝に思っておられる、どうかご一報を……、と認めただけで、特別なことは書いていませんからね。わたしにはどう考えても解せません」

龍之介は訝しそうな顔をした。

「と言うことは、小弥太は文を受け取ったが、座視したということ……。つまり、門番同心の家格を得たら、もう、俺たちには関わりたくないということか！　小弥太の奴、そこまで慢心したとは……」

田邊は怒りに身体をぶるると顫わせた。

龍之介は慌てた。

「師範代、そう決めつけては小弥太が可哀相です。何か事情があるのかもしれません し、もう少し様子を見るより仕方がないでしょう」

「いや、もう止そう。あれほど稽古に熱心だった男が、婿入りしたからといってそう そう簡単に剣術を捨てられるはずがないと思い、何か理由があるのではと思ったまで だが、こちらは一応筋を通した……。それでもうんともすんとも言ってこないのであ れば、これ以上、詮索することはないだろう。小弥太の件はきっぱり忘れることにし ようぞ！」

「それがようございます。そういうことだ！　戸田、手間を取らせて悪かったな」

耕作も田邊も、吹っ切れたかのようにそう言ったのである。

だが、龍之介は小弥太から複雑な事情を聞かされていただけに、気懸かりで堪らなかった。

見合の席で、小弥太に面と向かって、わたくしには他に好いた方があります、と言ったという登和……。

並の男なら、如何に条件がよくても、他に好いた男のいる女ごと所帯を持ちたいと思わないだろう。

ところが、小弥太は見合の後二度ほど逢っただけで、完全に登和の虜になってしまったのである。

龍之介は、まだ祝言を挙げたわけではないので、引き返すのなら現在しかない、と諭した。

が、小弥太は頑として受けつけようとしなかったのである。

「いや、俺はもう腹を決めたのだ……。さっきも言ったが、この話を逃せば二度と俺には養子の口はかからないだろう。それに、現在の俺は登和どのなくしてはいられないほどの入れ込みようなのだからよ。考えてもみろよ、俺みたいにどこといって取り柄のない男が、門番同心桜木家の婿になれるのだぜ？　しかも、あの登和どのを妻に持てるとは福徳の三年目を通り越して、まさに百年目……。現在では、登和どのの傍にいられるだけで幸せと思っているんだからよ」

だが、龍之介も退かなかった。

「だが、登和どのの心はおぬしの許にはない……。おぬしが慕えば慕うほど、逆に、そのことがおぬしを追い詰めていくことになるのではなかろうか……」

「俺を追い詰める？　登和どのは妻としての務めは果たすと言っているのだ。俺はあの女の心の中にまで踏み込んでいくつもりはないからよ」

ああ……、と龍之介は目を閉じた。

上辺だけの夫婦がどれだけ辛いものなのか、小弥太は解っていないのである。

龍之介には、義弟哲之助の苦悩が痛いほどに解っていた。

龍之介と相思の仲だった琴乃を、半ば奪い取るようにして鷹匠支配内田家に婿養子に入った哲之助……。

哲之助は琴乃の身体は得ることが出来ても、心まで得ることが出来ず、悶々とした挙句に酒に逃げ、遂には鷹匠衆の手にかかり非業の死を遂げてしまったのである。

まさか、小弥太が哲之助と同じ轍を踏むとは思わないが、龍之介は桜木家に入ったきりでなんら音沙汰のない小弥太が案じられてならなかった。

そこで、龍之介は意を決し、桜木直右衛門の屋敷を訪ねることにしたのである。

だがこの日も、応対に出た若党から返ってきたのは、若旦那さまはご不在……、というぞん気な（愛想のない）言葉で、取りつく島もなかった。

それで、仕方なく引き上げることにしたのだが、屋敷内のやけにひっそりとした雰囲気が龍之介の不安を駆り立て、どうしてもそのまま踵を返す気になれなかったのである。

龍之介は小弥太が出先から戻ってくるのを待つことにした。

すると、しばらくして、木戸門からお高祖頭巾を被った女ごが出て来たではないか……。

お高祖頭巾を被っているのでしかと面差しは判らないが、細身の身体から醸し出される感じから見て、妙齢の女ごのようだった。

藤色の縮緬の着物に、紫の魚子織の被布を纏い、どこから見ても、婢という雰囲気ではない。

すると、この女ごが小弥太の妻女、登和なのであろうか……。

だが、この女ごが登和だとして、この時刻、供もつけずに一体どこに行こうとしているのであろうか……。

女ごは龍之介が身を潜めた板塀のほうに歩いて来た。

龍之介の脇を擦り抜けるとき、わずかに見えた女ごの顔……。

抜けるように透き通った白い肌や黒目がちの瞳に、龍之介の胸がきやりと高鳴った。

登和に違いない。

龍之介は確信した。

だが、一体どこに……。

あとを追うべきだろうか、いや、あとを追ったとして、それが一体何になるというのだ……。

結句、龍之介は金縛り(かなしば)にでもあったかのように動くことが出来なかったのである。

桜木登和……、なんという女ごなのであろうか……。

あのとき、龍之介は登和を垣間見(かいま)たことで、小弥太が登和から離れられない気持が解ったように思った。

だが待てよ……。

あのとき、登和のお腹は膨らんでたっけ？　龍之介は首を傾げ、己(おのれ)の迂闊(うかつ)さ加減(かげん)に思わず苦笑した。

被布を纏っていたとはいえ、登和の美しさに見とれてしまい、お腹の膨らみなど気に留(と)めていなかったとは……。

龍之介がチッと舌を打つ。

あの時刻、供もつけずにお忍びとは……。

男との逢瀬に違いない。

龍之介には小弥太の心の叫びが聞こえてくるように思えた。

北ノ橋を渡ると、とん平の赤提灯が見えてくる。

小弥太の義姉吉村三智が板場を仕切っている見世である。

龍之介は赤提灯を目掛けて歩いて行った。

小弥太の消息を聞けないまでも、今宵は何故かしら、三智の顔を見たいと思ったのである。

北森下町の居酒屋とん平を訪ねるのは、これで三度目となる。

と言っても、初めて小弥太に案内され訪ねたときには満席で、仕方なく、二軒先の瓢という見世でお茶を濁し、とん平は中を覗いてみただけなので、正確にいえば、二度目といってよいだろう。

まさか、今宵も満席ってことはないだろうな……。

そう思いながら縄暖簾を潜ると、存外にも、長飯台には二組の客しか見当たらず、小女が飯台の上を片づけているではないか……。

「いらっしゃい！」

小女が皿小鉢を盆に移しながら、声を上げる。

「もう山留（閉店）かい？」

龍之介がそう言うと、客と話していた御亭が龍之介に気づき、揉み手をしながら寄って来た。

「これはこれは……。確か、おまえさまは三崎さまの……、いや、現在は桜木さまか……。ほら、いつだったか、桜木さまと一緒に見えた……、ええと……、ええと……」

「戸田龍之介と申します」

「そうでした、そうでした！　確か、桜木さまの縁談が纏まったときのことでしたよね？　さあさ、お掛け下さいませ。山留だなんて天骨もない！　まだ五ツ（午後八時）になったばかりではないですか……。あと半刻（約一時間）は大丈夫でございますよ」

「では、少しだけ……。実は、稽古を終えた後、師匠や師範代と一献交えてきたばかりなので、腹はもう充分くちくなっているのだが、この見世の赤提灯が目に飛び込んできたものだから……」

「さようで……。では、板頭に言って、何かお腹にもたれないものを作らせましょう。あっ、お酒は？　召し上がるのですよね？」

「ああ、一本燗けてもらおうか……。で、板頭なんだが、現在でも小弥太の姉さんが務めているのかい？」

「三智さんのことで？　ええ、おりますよ。あとで挨拶に出るように言っておきましょう」

「ああ、そうしてくれないか」

龍之介は見世の中を見廻した。

小女が盆に載せた皿小鉢を重たげに運んでいるところをみると、今し方まで見世は立て込んでいたようである。

すると、客が少ないのはとん平が流行らなくなったというわけではなく、山留が迫っているから……。

「お待たせしました」

小女が銚子と突き出しを運んで来る。

突き出しは新生姜の味噌漬のようである。

なるほど、これなら泥鰌鍋で腹中満々であってもいけそうだ……。

そこに、小弥太の義姉、吉村三智が手ずから小鉢を運んで来た。

「これは戸田さま、よくお越し下さいました。今宵はすでに召し上がっておられると聞きましたので、芹と切干大根の胡麻和えと磯納豆の二品を用意させていただきました。戸田さまのお口に合いますかどうか……。こんなので宜しかったのでしょうか？」

三智が恐縮したように言う。

「ああ、上等です。この新生姜の味噌漬のなんと美味いこと！　初めての風味合です。この爽やかな辛味がなんとも言えない！　醬油漬とまた違って、味噌の香りが心憎いではないか……」

「お褒めいただき恐縮にございます。では、ごゆるりと召し上がって下さいませ」

三智が頭を下げて板場に戻ろうとする。

「あっ、お待ちを！　少しお話しすることは出来ないでしょうか。なんなら、わたしが御亭に掛け合ってもよいが……」

龍之介がわざと御亭に聞こえるように言うと、三智は困じ果てた顔をして、御亭を振り返った。

御亭が愛想笑いをしてみせる。

「ええ、どうぞ、構いませんよ。なに、もう山は越えたんだ。あとは他の板場衆で熟せますんで、遠慮なくどうぞ……」

三智が不安そうに龍之介を見る。

「大丈夫ですよ。取って食うつもりはありませんから……。さっ、お掛け下さい」

龍之介が促すと、三智は怖ず怖ずと樽席に腰を下ろした。

小女が気を利かせ、三智に茶を運んで来る。

龍之介は小女が立ち去るのを待ち、口を開いた。

「実は、小弥太のことなんだが……」

三智がやはりそのことかといった顔をする。

「小弥太が桜木家に入って九月になるが、便りを寄越しましたか？」

いえ……、と三智が首を振る。

「それが、わたしのところにも音沙汰がない……。小弥太が川添道場を辞めたと聞き、不審に思ったものだから、何ゆえ辞めなければならないのかと文を送ったのですが、うんともすんとも言ってきませんでした……」

「小弥太が道場を辞めた……。あんなに剣術が好きだった小弥太が辞めたですって？」

三智は信じられないといった顔をした。

三智と小弥太は腹違いの姉弟だが、小弥太が八歳のときに母親を失い、以来、三智が母親代わりとなって小弥太を育ててきたという。

それ故、三智には三十俵二人扶持御徒組の次男に生まれた小弥太が、身を立てるためには剣術の腕を磨く以外にはない、と研鑽を積んだその気持が誰よりもよく解っているに違いない。

あれほど稽古に身を入れていた小弥太が、先行きのことを案じなくてよくなったからといって、あっさりと剣術を捨てられるものだろうか……。

三智の目はそう語っていた。

「その様子から見るに、三智どのは小弥太に赤児が出来た、いや、登和どのが子を産まれたことをご存知ないようですね」

龍之介が三智に目を据える。

三智は目をまじくじさせた。

「小弥太に赤児が……。えっ、それはいつのことですか？」

「わたしも今日初めて門弟の一人から聞き驚いたのですが、三月とのことです」

「三月……」

三智は訝しそうな顔をしたが、瞬く間に、その顔から色が失せていった。

「それで、赤児は息災なのですか？」

「ええ、いたって息災だそうです。だが、何ゆえ、小弥太はそのようにめでたいことを義姉上に知らせなかったのだろうか……。では、三崎の義兄上には？　義兄上には知らせているのでしょうね？」

三智は肩息を吐いた。

「兄も知らないと思います……。わたくしは他家に嫁ぎましたが、三崎も吉村も共に御徒組ということもあって、何事も包み隠さずに話すことにしているのですが、兄からそんな話は聞いておりません……。つい先日も、兄が言っていました。小弥太の奴、桜木家に入ってから文のひとつも寄越さないところをみると、三崎や吉村とは完全に縁を切るつもりなのだろうと……」

「だが、三崎の義兄上は小弥太の祝言には呼ばれたのですよね？」

「ええ、三崎からは兄が一人……。他家に嫁いだわたくしが呼ばれなかったのは仕方がありません……。三崎同様に、三十俵二人扶持の家格で、しかも、わたくしは生活を支えるために居酒屋で働いているのですからね……。桜木家からみると、とても許し難(がた)いこと……。もしかすると、小弥太はわたくしのことを桜木家に伝えていないのではないかと、そんなふうに思っているのですよ」

「小弥太が義姉上のいることを桜木に伝えていないと？　まさか……。それに、仮に小弥太が伝えていなかったとしても、三崎の義兄上が伝えているのでは……」

三智は寂(さみ)しそうに首を振った。

「兄は小弥太が桜木家の婿に入ることを大層悦んでいましたからね……。わたくしのことを話すと小弥太の立場が悪くなると思い、自分の口から話すのを控(ひか)えたと思います。けれども、わたくしはそれでよいのですよ。表舞台に立てずとも、陰から小弥太の幸せを祈っていればそれでいい……。あの子がどう思おうと、わたくしには可愛(かわい)い義弟(おとうと)……。いえ、息子といってもよいのですもの……」

「…………」

龍之介の胸がカッと熱くなった。

三智の小弥太を想う気持に打たれもし、小弥太の情のなさに憤(いきどお)りを覚えもしたのである。

小弥太の奴、三智どののことをなんだと思っている……。

初めて三智に引き合わされたとき、龍之介が、綺麗(きれい)な女(ひと)ではないか！　言われなければ、おぬしと姉弟には見えないぜ、と言うと、小弥太はこう言ったのである。

「それはそうだろう……。俺と姉貴は畑が違うのだ。つまり、俺だけが後添いの子でよ……。ところが、俺の母親も俺が八歳のときに死んでしまったものだから、以来、あの義姉が母親代わりとなって育ててくれたのよ」

そうだった。こうも言ってたっけ……。

「さっ、食おうではないか。今年初めての栗ご飯だ。思い出すな……。姉貴が嫁に行くまでは、秋になると栗ご飯を作ってくれてよ。よく皮を剝くのを手伝わされたものよ」

小弥太はそう言い、栗ご飯を頰張り、うん、美味い！　と相好を崩したのである。

その姿を見て、龍之介は小弥太にとっての母は、三智なのだ、と思った。

それなのに、小弥太、これが三智どのにする仕打ちかよ！

そんな龍之介の気持を察したのか、三智がぽつりと呟く。

「きっと小弥太には他人に言えない悩みがあるのだと思いますよ……。文を書くのは容易いことです。けれども、わたくしたちを心配させまいとすると、嘘を吐かなければなりません。嘘を吐くことほど辛いものはありませんからね……。わたくしには小弥太の心の叫びが聞こえてくるように思えます」

心の叫び……。

ああ……、と龍之介は目を閉じた。

赤児が三月に生まれたことで、三智も裏に何かあると悟っているのであろう。

だが、一体どうしたらよいのだろう……。

三智が龍之介に酌をしようとする。

「そろそろ山留となります。しばらく外でお待ち下さいますか？　高橋までご一緒いたしましょう」

三智が囁く。

龍之介は慌てて盃を空けると、目で頷いた。


御徒組屋敷は小名木川沿いにある。

龍之介は黒江町まで戻るので、高橋の手前で三智と別れなければならないが、ゆっくりと歩いて行けば、見世で話せなかったことが話せるかもしれない……。

「先ほど、赤児が生まれたのは三月とおっしゃいましたね？」

三智が歩きながら言う。

「ええ、小弥太が登和どのと祝言を挙げたのが重陽の日……。どう考えても、月足らずです。だが、門弟の話では、赤児はすくすくと育っているとか……。これが何を意味するのか……」

龍之介が苦々しそうに呟く。

「つまり、小弥太の子ではないかもしれないと、戸田さまはそうお思いなのですね?」

「ああ、そう思わざるを得ない……。三智どの、小弥太から何か聞いていませんか? 何ゆえ、桜木家が小弥太との縁談を急いだのか……」

三智は寂しそうに首を振った。

「小弥太は胸の内を何も打ち明けてくれませんでした。親子、姉弟なんてそんなものでしてね……。胸に抱えた悩みや想いを打ち明けるのは、むしろ、友なのではないでしょうか……。戸田さま、お訊ね致します。小弥太は戸田さまに何か話したのではないですか?」

「…………」

龍之介はウッと息を呑んだ。

「この前、とん平に来られたとき、小弥太と深刻な顔をして話しておられたのを目にし、わたくしね、小弥太にも腹蔵（ふくぞう）なく話せる友が出来たのだと嬉しく思っていたのですよ……。どんなことでも構いません。忌憚（きたん）なくお話し下さいませ」

龍之介は意を決すと、脚（あし）を止めて三智を見据えた。

「では、お話しします。本当は、口が裂けても他言する気はなかったのですが、やはり、義姉（あね）である三智どのは知っておいたほうがよいと思いますので……。実は、小弥太は見合の席で、登和どのにはっきり言われたそうで……」

龍之介は登和には他に好いた男がいて、小弥太と夫婦（めおと）になってからもその男（ひと）との関係を続ける、と言われたことを、三智に話して聞かせた。

「では、小弥太はそのことを納得したうえで、桜木家の婿に入ったと……」

三智が龍之介を瞠める。

もっと驚くかと思っていたのに、意外なことに、三智に動揺した気配が窺えない。

「小弥太のために、一つだけ言っておかなくてはなりません……。小弥太は名誉や地位が欲しくて桜木家の要望を呑んだわけではありません……。あいつは、登和どのに惚（ほ）れ込んでしまったのですよ。登和どのの傍にいられれば、他に好いた男がいても、目を瞑（つぶ）る……。それがどれだけ辛いことかも知らないで……。無論、わたしは反対しました。だが、小弥太は逆上せあがってしまい、聞く耳を持たなかった……」

「そうですか……。では、戸田さまは登和さまがお産みになった赤児は、他の殿方の子とお思いなのですね？」

「そう思うより仕方がありません……。三月に生まれたとすると、小弥太の子であれば、六月……。六月で生まれた赤児が無事に育つはずがありませんからね。ましてや、祝言を挙げる前に、二人が情を交わしたとは考えられません……」

「では、桜木では登和さまが身籠もっていることを知り、それで慌てて小弥太を婿に迎え入れたと……」

「おそらく、そうでしょう。そうとしか考えられません」

「ですが……」

三智が腑に落ちないといった顔をする。

「確か、小弥太に婿の話が回ってきたのは、幼い頃から水魚の交わりをした佐々見さまが急死なされたからと聞いていますが……。佐々見さまがお亡くなりにならなければ、登和さまと所帯を持たれたはず……。と言うことは、登和さまのお子は佐々見さまの子と考えてよいのですね？」

龍之介は慌てた。

「いや、それが違うのですよ……。小弥太は登和どのから他に好いた男がいると打ち明けられたとき、佐々見のことかと訊いたそうです……。ところが、驚くなかれ、登和どのはきっぱりと否定し、あの方はすでに亡くなられた方、亡くなられた方のことをいつまでも思っていても仕方がない、佐々見さまと縁談が纏まったときには、すでにわたくしには他に思い人がいた、と言ったといいますからね」

「と言うことは……」

「つまり、佐々見も小弥太同様、登和どのに他の男がいると解っていて、桜木家に婿入りするつもりだった……。小弥太に話が回ってきたのは佐々見が急死したからだが、その時点では、まだ登和どのにもご自分が身籠もっていることに気づいていなかったのでは……。ところが、佐々見が亡くなった後になって、身籠もっていることに気づいた……。慌てたのは桜木家で、これはなんとしてでも佐々見に代わる婿を見つけなければと焦り、それで、佐々見が今際の際に推挙した小弥太へとお鉢が回ってきたのではないでしょうか……」

三智は初めて戸惑いの色を見せた。

「佐々見さまも登和さまに他の方がいると知っていたとは……。わたくしには考えられません。それに、桜木さままでは何を考えておいでなのでしょう。娘に好いた殿方がいると知っていたのなら、何ゆえ、その方と……」

そこまで言って、三智はあっと息を呑んだ。

「その方には妻子がおられるのですね？　つまり、道ならぬ恋ということ……」

龍之介が蕗味噌を嘗めたような顔をする。

「つまり、そういうことでして……。登和どのは小弥太が何ゆえその方と添い遂げようとしないのかと訊ねると、添えるものなら、すぐにも添い遂げていたでしょう、けれども、その方は嫡男の上に、妻子のある身……、しかも、わたくしは一人娘で婿養子を取らなければならない立場にあります、天秤棒が上に反るようなことがあっても、二人が夫婦になるのは叶わないこと……、とそう言ったそうです。ああ、こうも言ったそうです。父がこのことを知っているかということですが、はっきりと口に出して言いませんが、薄々気づいているようです、だからこそ、世間の目を欺くために、一刻も早くわたくしに婿を取ろうとしているのです……と。青天の霹靂とは、まさにこのこと……。娘に男がいると知っていて、世間の目を欺くために婿取りを急いだというのですからね……。が、もっと呆れ返ってものも言えないのは、それが解っていて、それでも尚、登和どのと所帯を持ちたいと思った、佐々見と小弥太……。わたしにはどうしても理解できませんでしたが、まっ、それだけ、二人とも登和どのの美しさに目が眩(くら)んだということなのでしょうよ」

「そんなに麗(うるわ)しいお女(ひと)なのですか？」

「ええ……。わたしはお高祖頭巾を被った横顔しか見ていませんが、それは麗しき女(ひと)でした」

「そうですか……」

三智は圧(お)し黙ってしまった。

高橋はもう目の先である。

三智は脚を止めると、龍之介を見据えた。

「よく話して下さいました。小弥太の事情が解ったといっても、わたくしたちには何もしてやることが出来ません。すべては小弥太が選んだこと……。ですが、あの子が思い屈(くっ)したり悶々としているのなら、せめて、その想いだけでも解っておいてやりたいと思います……。戸田さま、今後、小弥太のことで何か判ったことがありましたら、必ず耳に入れてほしいと思います。どうか宜しくお願い致します」

三智が深々と頭を下げる。

「解りました。あっ、三智どの、芹と切干大根の胡麻和えも磯納豆も、実に美味かった！　次は、お腹を空(す)かせて来ますので、そのときは、うんと美味いものを食わせて下さいよ」

龍之介がわざと明るい声で言うと、三智はふっと頰を弛めた。

「畏まりました。腕に縒りをかけて美味しいものを作らせてもらいますね」

龍之介は重苦しいもので塞がれていた胸の内がほんの少し晴れたように思い、やれ、と息を吐いた。

おはまは龍之介の顔を見ると、ぷっと頰を膨らませた。

「なんだえ、遅くなるのなら前もってそう言ってくれればよかったのに！　少しは夕餉の仕度をして待っている、あたしの身にもなって下さいよ……。それで、お腹は？　今時分戻って来て、美味いものを食わせろと言うのが土台無理な話なんだが、茶漬くらいなら出来るよ」

おはまの突っ慳貪な物言いにはもう慣れたというものの、こう頭ごなしに鳴り立てられたのでは、龍之介もたじたじである。

「いや、飯はもう済ませてきたんだ」

「ああ、そうかえ！　そりゃさ、今時分までほっつき歩いてたんだ。ふン、どうせ、また居酒屋で一杯引っかけたんだろうよ……」

「おはま、もう止せ！」

正蔵が鋭い声でおはまを制す。

お葉はわざとらしく顰めっ面をしてみせた。

「怖いだろう？　あたしもさっきおはまに怒鳴られたばかりなんだよ」

「女将さんも？」

龍之介が長火鉢の傍に腰を下ろす。

「それがさ、さあ夕餉を食べようかってときになって、友七親分があたしを千草の花に誘い出したもんだから、お冠でさ……。あたしの場合は外で食べるのが解っていたというのに、それでも、帰りが遅すぎると小言を言うんだからさ！　千草の花に行けば、文哉さんと積もる話もあるじゃないか……。みすずのおとっつァんがお座敷を廻るようになったのは知っていても、甘くやってるのかどうか気になるしさァ……」

「けど、二刻ですよ、二刻！　とにかく、出たら出っぱなしなんだから、あたしにしてみれば、戻って来るまで何かあったんじゃなかろうかと気が気じゃないんだからさ！」

「何があるってェのさ……。一緒に行ったのは友七親分だよ？　親分が傍についてい て、何が起きるというんだよ」

「まあまあま……。おはまは女将さんを悦ばそうと鰹の刺身を奮発したのに、親分に ひょいと攫っていかれたものだから、それが悔しいだけなんですよ……。気にしねえ で下せえ。女将さんの腹に入るはずだった刺身は、ちゃんとあっしの胃袋に収まって やすから……」

正蔵が慌てて割って入る。

「おっ、鰹か……」

龍之介がそう言うと、おはまが、戸田さまのは取ってあるよ、食べるかえ？　と言 う。

「食いたいのはやまやまだが、生憎、腹中満々でよ。なんせ、師匠や師範代と一緒に 泥鰌鍋をつついた後、とん平に寄ったもんだから……」

「おっ、泥鰌鍋とはそりゃまた豪気じゃねえか！　そのうえ、とん平だって？　確か あそこは戸田さまと同門の、ほれ、門番同心番頭の家に婿養子に入ったという……」

正蔵がそう言うと、お葉が、桜木って男だよね？　その男の姉さんがとん平の板頭 を務めているというんだろ？　と言う。

「そう、そのとん平……。美味ェ肴を出すんだってな？　あっしも一度は覗いてみてェと思ってるんだが、なかなかその機会がなくてよ」

「あっ、では、一緒に行きましょうか？　宰領もきっと気に入ると思いますよ。とにかく、料理が美味いうえに、鳥目（代金）が下直（安価）ときた！　そんな見世だからいつも混み合っていて、なかなか席にありつけないのが玉に瑕だが、今宵、五ツになると潮が引くってことが解りましたからね……。家で軽く一杯やって、それから出掛けるってのはどうでしょう……。あっ、だがそうなると、また三智どのが腕に縒りをかけられなくなる……。はて、どうしたものか……」

「だから、前もって行くと知らせておけばいいんだよ。とん平にはあたしも一度行きたいと思ってたんだ……。そうだ！　皆して行こうじゃないかえ！」

「おいらも？」

清太郎が目を輝かせる。

「ああ、連れてってやるよ。おはま、おまえもどうだえ？」

まっと、おはまが目を剝く。

「あたしが一緒に行けるわけがない！　あたしには店衆の世話をするという務めがあるんですからね」

「だから、それはおちょうやおせい、政女さんに委せればいいじゃないか……。おはまもたまには他人の作った物を食べてみるといいよ。目から鱗が落ちて、もっと料理が上手くなるかもしれないからさ！」

お葉が目まじすると、おはまがムッとした顔をする。

「悪うござんしたね！　はいはい、あたしは料理が下手ですからね」

お葉が呆れ返った顔をする。

「どうしてこういうことになるのかね？　あたしは貶したつもりなんてないのにさァ……」

龍之介がぷっと噴き出す。

「女将さんには貶したつもりがなくても、言葉が足りてないんですよ。ひと言、おはまの料理の腕は確かだが……、とつけ加えておけばよかったし、それに、目から鱗がよくなかった……。けどよ、おはまさんが臍を曲げるのも解るが、女将さんに悪気はなく、たまにはおはまさんに息抜きさせてやろうと思ってのことだからよ……。そうだ、鰹の刺身があるのなら、鯛茶漬の要領で食ってみようかな？　いいかよ？」

龍之介がおはまに目まじする。

途端に、おはまの機嫌が戻った。

「鯛茶漬の要領で、鰹茶漬ね……。ああ、それはよいかもしれない！　鮪(まぐろ)をヅケにする要領で醬油ダレに浸(つ)けて、ご飯の上に……。じゃ、早速(さっそく)、作ってきますね」

「おっ、鰹茶漬か……。いいなァ、なんだか俺も小腹(こばら)が空いてきたぜ」

正蔵がそう言うと、お葉も手を挙げる。

「あたしもおくれよ！　ほんのひと口でいいから食べてみたいよ」

すると、清太郎も声を上げる。

「おいらも！」

おやおや、なんと、皆の食い意地の張ったこと……。

「はいはい、解りましたよ。皆、もう充分お腹がくちくなっているんだろうから、ほんのひと口ずつね……。それに、茄子(なす)と瓜(うり)の糠漬(ぬかづけ)が頃合(ころあい)だと思うからね。愉しみに待っていておくれ！」

おはまが気をよくして厨(くりや)に入って行く。

まったく、おはまという女ごは自らが食べるというより他人(ひと)に食べさせ、彼らの満ち足りた顔を目にするのを何にも代えがたく思う、そんな女ごなのである。

「ところで、何かあったのかえ？」

お葉が龍之介に目を据える。

「えっ？」

龍之介がとほんとする。

「いえ、師匠たちと鍋を囲んだ後、とん平に寄るなんてさ……」

「いえ、何もありませんよ……。泥鰌鍋を囲んだのは門弟に魚屋の息子がいて、泥鰌を大量に付け届けてきたからで、それに、とん平に寄ったのは、ほんの気紛(きまぐ)れにすぎません……。赤提灯が目に入ったもんだから、まるで吸い寄せられるように脚が向いたってだけのことですよ」

龍之介が慌てて言い繕(つくろ)う。

「おや、そうなのかえ……。あたしは桜木って男に何かあったのかと思ってさ……」

龍之介はお葉の勘(かん)のよさにどぎまぎした。

なんて鋭い女なのであろう……。

帰宅したときの龍之介の顔色を見て何かあったと悟り、とん平に寄ったと聞くと、小弥太に何か問題が起きたと察するのであるから……。

「そう言ャ、桜木の屋敷周辺を受け持つ佐之助が聞きかじってきたんだが、先つ頃、桜木に赤児(やや)が生まれたとか……」

正蔵が思い出したように言う。

龍之介の心の臓が慌てふためいた。

「えっ、そうなのかえ？　それはまためでたい話じゃないか！　戸田さま、知っていたのかえ？」

お葉が龍之介の顔を窺う。

「えっ、ええ……」

「なんだ、じゃ、その話で今日は盛り上がってたんだね？　だったら隠すことはないじゃないか……。で、いつ生まれたんだえ？」

「いや、いつとは……」

龍之介が曖昧に言葉を濁すと、お葉は正蔵へと視線を移した。

「佐之助はなんて言ってた？」

「いや、先つ頃と言っただけで……。あいつもそれ以上詳しいことは知らねえようで……」

「ふうん……。確か、桜木が婿取りをしたのが重陽の頃と思うんで、そうか、今頃生まれてもおかしくはないんだ……。じゃ、祝言を挙げてすぐに出来たってことなんだね？　どっちにしたってめでたい話じゃないか！」

「何がめでたいのですか？」

おはまが鰹茶漬を運んで来る。

「いえね、桜木家に赤児が生まれたんだって！　戸田さまはそれで今宵帰りが遅くなったんだってさ」

「まあ、それはめでたいこと！　それで、男なのかえ、それとも女ご？」

皆の目が、龍之介へと……。

「えっ、ああ、確か嫡男だとか……」

「それはますますめでたい話だ！　これでもう、桜木家は婿養子を取らなくてよくなったんだもんね……。戸田さま、おめでとうございます」

おはまが龍之介にちょいと頭を下げる。

「なんで、俺が祝いを言われなくちゃならないんだ……。おっ、美味そうじゃないか！　なんと、鰹が三切れも載ってるぜ。おっ、清坊、食おうじゃないか！」

龍之介が慌てて話題を茶漬へと逸らす。

「いっただきまァす！」

清太郎が燥いだように言う。

やれ……、これでなんとか、これ以上追及されずに済みそうだ……。

龍之介はほっと息を吐くと、ズズッと鰹茶漬を啜った。

雷鳴と同時に襲ってきた驟雨の中を、佐之助が全身ずぶ濡れとなって、日々堂に飛び込んで来た。

「市太、早ェとこ手拭を持って来な！」

友造が小僧の市太に声をかける。

「ご苦労だったな……。空梅雨かと思っていたが、突然、降り出すんだもんな」

友造が市太から手拭を受け取り、佐之助に手渡す。

佐之助はお仕着せの丸に日の字の印半纏を諸肌脱ぎにして、上半身を拭った。

「駄目だ、こんなんじゃ……。やっぱ、奥で着替えてきたほうがよさそうだ」

「おう、そうしな。股引も脚絆もずぶ濡れだもんな」

友造に促され、佐之助が奥に入って行く。

すると、集配室の隅で代書をしていた龍之介が、佐之助の傍に寄って来て、廊下に出るように、と耳打ちする。

佐之助が身体を拭いながら龍之介の後から続く。

「御船蔵方面に行ってたんだって？　桜木のことで何か判ったか？」

龍之介がそう言うと、佐之助は気を兼ねたように月代に手をやった。

「いや、大したことを摑んだわけじゃねえ……。何しろ、付近の者が口を揃えて、桜木屋敷のことはよく知らねえと言うもんだからよ……。ただ、桜が咲く頃に赤児が生まれたらしいってことは、あの屋敷に出入りする青物の担い売りが言ってやした……。その男は物干し竿に襁褓や産着が干してあるのを目にしたと言ってやすし、赤児の泣き声も聞いたとか……。済みやせん、そのくれェのことしか摑めなくて……」

佐之助は恐縮したように肩を丸めた。

「いや、それだけ判っただけでも助かるぜ……。引き続き、あの界隈を探ってくれないか？　赤児のことだけでなく、当主のことや若夫婦のこと、ほんの些細なことでも噂話でも、本当になんでもいいんだ……。なっ、頼むよ。ただし、俺がおまえに桜木を探らせていることを誰にも口外しないこと……」

「女将さんや宰領にも？」

「ああ、誰にもだ」

龍之介がそう念を押すと、茶の間のほうから声がかかった。

「誰だえ？　廊下でひそひそ話をしているのは……」

お葉の声である。

龍之介は佐之助に、いいから、早く下がれ、と目まじすると咳を打った。

「なんだえ、戸田さまか……。丁度よかった！　小中飯（おやつ）にしないかえ？　今、お茶を淹れるからさ」

龍之介が茶の間に入って行く。

「誰と話してたのかえ？」

お葉が茶筒の蓋を開けながら、上目に龍之介を窺う。

「いえ、それが、佐之助が雨にずぶ濡れとなって戻って来たもんだから……」

「突然、降り出しちまったもんね……。となると、佐之助ばかりか六助や与一たち町小使（飛脚）も濡れて戻って来ると思わなくてはね……。今日は早めに風呂の仕度をさせなくっちゃ……。清太郎、お富や朝次にそう伝えてきておくれ！」

長火鉢の傍で腹這いになり赤本を読んでいた清太郎が、大儀そうに身体を起こす。

「雨に濡れるから、おいら、中庭に出るのは嫌だよ！」

「だったら、女衆の誰かに言いな。女衆がお富たちに伝えてくれるだろうからさ」

清太郎は不貞たような顔をして、厨に向かった。

「まったく、あの子ったら！　間一髪、雨に遭わずに手習塾から戻って来られてよかったと悦んでいたもんだから、濡れるのが嫌だなんてことを……。少しは雨の中を傘(かさ)も差さずに駆けずり廻る町小使のことを考えてみな、と言いたいところだが、あたしもあの子にはつい甘くなっちまってさ……。さっ、お茶が入ったよ。到来物(とうらいもの)の琥珀餅(こはくもち)と一緒に上がって下さいな」

お葉が猫板(ねこいた)の上に琥珀餅と湯呑を置く。

「おっ、琥珀餅か！　確か、友七親分の好物でしたよね？」

「なに、親分は琥珀餅だろうと麩(ふ)の焼だろうと、甘いものならなんだっていいのよ！　それだけじゃないよ、小金煎餅(こがねせんべい)や酒の宛(あて)まで、要するに、口に入るものならなんでもいいのさ」

「言えてる……。だが、それは誰しも同じで、この俺もそうだが、女将だってそうだろう？」

「まっ、そうだけどね！」

お葉と龍之介が顔を見合わせ、目まじしたときだった。

正蔵が見世のほうから慌てふためいたように茶の間に飛び込んできた。

「大変(てえへん)です！　女将さん、大変なことが……」

「まあ、落着きな。何が大変なのさ。それより、おまえも坐って琥珀餅をお上がりよ」

「そんな悠長なことを……。たった今、葭町から遣いが来て、総元締が亡くなったと……」

えっと、お葉の顔が強張る。

「いつ……」

「遣いの者の話では、昼過ぎ頃だとか……」

昼過ぎといえば、俄に暗雲が上空を包み込んできた頃である。

四半刻（約三十分）ほど遠雷が轟いていたが、次第に西のほうからはたた神（激しい雷）が迫ってきて、近場で落雷があったかのような雷鳴と共に深川一帯が驟雨に見舞われたのだった。

「どうしやす？」

正蔵がお葉を窺う。

「当たり前じゃないか！　すぐに駆けつけなきゃ……」

「けど、この雨ですぜ。遣いの者が言うには、野辺送りは明日で、築地の本願寺であるそうなんで、そちらに行かれてはどうでやす？」

「てんごう言ってんじゃないよ！　山源の総元締には甚三郎もおまえもどれだけ世話

になったと思う? 甚三郎が生きていたら、何はさておき、通夜に駆けつけると思うからさ……。宰領が行かなくても、あたしは行くよ。おはまァ、おはまァ!」

お葉の声に、厨からおはまがやって来る。

「どうかしました?」

「山源の総元締が亡くなったんだよ。あたしはこれから葭町に行って来るんで、喪服の仕度をしておくれ」

「えっ、総元締が……。遅かれ早かれ、この日が来ると解っていましたが、こんなに早くとはね……。解りました。すぐに仕度しましょう。で、おまえさんも行くんだろ?」

おはまに言われ、正蔵が慌てて頷く。

「もちろん、行くに決まってるだろうが! だが、俺の紋付は裏店にある……。じゃ、一旦、戻って出直すことにしようか……」

「おちょうに取りに行かせるんで、おまえさんは女将さんの傍にいたほうがいいよ」

「そうよのっ……。ところで、女将さん、源一郎には知らせなくてよいんで?」

正蔵に言われ、お葉は大切なことを忘れていたとばかりに歯噛みした。

「たった一人の肉親が死んだんだ。知らせないわけにはいかないだろう……。正蔵、佐之助に言って、林町まで走らせてくれないかえ?」

「だが、源一郎が素直に行くと言ってくれやすかね?」

「何言ってんだよ！　首に縄をかけてでも引っ張ってくるんだよ」

「佐之助にそんなことが出来やすかね？」

すると、龍之介がさっと割って入った。

「では、わたしが連れて来ましょう。わたしは総元締と源一郎が再会する場に立ち会っていますからね。それに、林町の仕舞た屋も知っています。わたしが言えば、源一郎も嫌だとは言わないでしょう……」

お葉が目から鱗が落ちたような顔をする。

「言われてみれば、そりゃそうだ……。戸田さまは何もかもが解っていなさる……。源一郎も戸田さまの言うことには従わざるを得ないだろうからさ」

「では、早速……」

龍之介が立ち上がろうとすると、おはまが、お待ちよ！　と龍之介を呼び止める。

「源一郎さんが通夜に顔を出すとして、式服を持っていると思うかえ?」

あっと、お葉はおはまを見た。

おはまの言うとおりなのである。

おそらく、母親の死後、源一郎は山源を飛び出してしまったので式服を持っていないだろう。

君香が傍についていたといっても、そこまでは仕度していないと思ってよい。

お葉はしばし考え、

「そうだ！　お文さんに頼んでみよう。あの女、おさとの祝言の際に打掛を貸してくれただろ？　あのとき言ってたんだよ。この際、貸衣装もやろうかと思うって……」

と言った。

「ああ、それはよい考えですこと！　じゃ、早速、誰かを古手屋に走らせましょう」

おはまが納得したとばかりに頷く。

「ちょい待った！　式服を林町に運んだとして、君香さんは病の身だからね……。とても、源一郎の着付けを助けられないだろう……。てことは、源一郎にここに寄ってもらい着付けを整えて、それからあたしたちと一緒に行けばいいってこと……。ねっ、それでいこうじゃないか！　戸田さま、やっぱり、すぐに林町に行って下さいな。あたしたちはここで待ってますんで……」

「ああ、解った」

龍之介が茶の間を出て行く。

おはまはハッと我に返ると、厨に入って行った。

お葉と正蔵は顔を見合わせた。

「大丈夫でやすよ。何もかもを調えてから出掛けても、通夜には間に合いやすんで……」

「そうだね。けど、覚悟していたとはいえ、なんだか気が抜けちまったようでさ……。妙なんだよね。山源には何度も意地悪をされたことがあり、決して心を許せる相手ではなかったんだが、そうは言っても、総元締の存在が大きかっただけに、亡くなられてみると心寂しくて……。甚三郎に先立たれたときとはまた違った、妙な気分なんだよ」

お葉がしみじみとした口調で言うと、正蔵もふうと肩息を吐く。

「総元締は死んだ旦那やあっしを育ててくれた親でもあるが、がっぷり四つに組める商売敵でもあったんでやすからね……。さあて、山源はこれから先どうなるのでしようかね」

お葉には答えることが出来なかった。

が、ふっと思い出したように、ぽつりと呟いた。

「正蔵、脚が治っていて良かったじゃないか……。でなきゃ、通夜にも野辺送りにも出られず、またもや、戸田さまに代わってもらうことになったんだもんね……」

「………」

正蔵が、今ここで脚のことを持ち出すか……、といった顔をする。

そこに、おはまが戻って来た。

「古手屋にはおせいを行かせました。おちょうには裏店まで紋付を取りに行かせましたんで、さっ、今のうちに、女将さんの着付けをしてしまいましょうか……」

と、そのとき、バリバリッと、とてつもなく激しく太鼓(たいこ)を打ち鳴らすかのような、雷鳴が……。

「嫌だよォ、怖(こえ)ェ……」

清太郎が茶の間に駆け込んで来ると、お葉の腰にしがみついた。

「はたた神だ。清坊、臍を盗(と)られねえように隠しとくんだな！」

正蔵がちょっくら返すと、清太郎はしがみついた腕に力を込めた。

「莫迦だね、盗られやしないよ。清太郎は厳(いか)づ霊(ち)（雷）なんかを怖がってちゃ、おとっつァんみたいな男の中の男になれないよ！」

お葉は腰を落として、清太郎の目を瞠めた。

その瞬間、再び、バリバリバリッ！

清太郎がギャッと悲鳴を上げ、お葉の腰に手を廻した。

忘憂草（わすれぐさ）

町小使（飛脚）の六助が空腹を抱えて午前の集配から戻って来ると、樫の木製の細長い箱一対を天秤棒で担いだ男が日々堂の中を覗き込んでいるのが目に飛び込んできた。

箱に大坂屋と銘が記してあるところをみると、どうやら定斎屋のようである。

六助は男の背後に駆け寄ると、肩をポンと叩いた。

男が、えっ、と声を上げて振り返る。

「便り屋になんか用か？　文を出してェのなら俺が預かるが、薬を売りてェんだったら、その脇の路地を入って裏口に廻りな」

「いや、あっしは……」

男は戸惑ったように目を瞬いた。

「どうしてェ、文を出してェのでも薬を売りてェのでもねえと？　だって、おめえ、定斎屋だろ？」

男が慌てて頷く。

この暑い最中に手拭も笠も被らず、月代に玉のような汗を浮かべているが、冠り物をしないのが彼らの流儀で、定斎を飲んでいれば暑気中りをしないとでも言いたいのであろう。

「ちょいと小耳に挟んだのでやすが、こちらで以前市ケ谷柳町で紙問屋をしていた伏見屋の消息を聞きたがっていなさるとか……」

あっと、六助は息を呑んだ。

「おめえ、伏見屋が現在どこにいるのか知ってんのか？　おっ、ちょっくら待っててくんな。今、中に知らせて来るからよ！」

六助はそう言い置くと、慌てて見世の中に駆け込んだ。

「て、大変だ！」

その声に、帳場にいた正蔵が眉根を寄せ、集配室から友造が出て来た。

「なんでェ、大声を出して……」

「一体、何があったというんだよ」

「ああ、良かった、友さんがいてくれて……。来たんでやすよ、伏見屋の消息を知ってるって男が！」

えっと、正蔵と友造が顔を見合わせる。

「どこに？」

「へっ、現在(いま)、見世の外で待たせてやす」

「何やってんでェ、中に入(へえ)ってもらいな！」

「それが定斎屋なもんだから、大きな荷を担いでやしてね」

「定斎屋？　じゃ、裏口に廻ってもらいな。話を聞くにしても、店先ってわけにはいかねえからよ……。女将(おかみ)さんには俺が話を通しておくから、おめえは裏口に案内するんだ。俺から勝手方にその旨(むね)を伝えておくからよ」

「へっ……」

六助が見世を出て行くと、正蔵は友造に目まじした。

「友造、もしもこれが空言(そらごと)や人違(ひとちげ)ェであったとしても、気を落とすんじゃねえぜ……。こういったことを積み重ねていって初めて、真(まこと)へと結びつくんだからよ」

「へい」

「じゃ、女将さんに伝えてきな。俺(おり)ャ、その男が裏庭に廻ったら、茶の間に通すようにとおはまに伝えてくるからよ」

正蔵はそう言うと、厨に向かった。

正蔵が友造に釘を刺したのはほかでもない、日々堂が友造の妹お加代や伏見屋の消息を探り始めてから情報が寄せられたのは今回で五件目となるが、そのどれもが与太（出任せ）にすぎず、中には礼金ほしさに自分の情女にお加代の振りをさせるという不届き者がいたからである。

とは言え、情報が入る度に、今度こそは……、と胸が高鳴るのは友造や正蔵ばかりではなかった。

お葉も想いは友造たちと同じで、此度も定斎屋が伏見屋の情報をもたらしたと聞くと、パッと目を輝かせた。

「今度こそ眉唾物ではないかもしれないよ！　だって、定斎屋というのは、江戸市中どこにでも廻って行くんだろう？　だからきっと、今度は……」

「ええ、あっしもそう願ってやす」

お葉と友造がそんなふうにやきもきしていると、正蔵が定斎屋の男を連れて茶の間に入って来た。

「定斎屋の東次といいやす」

東次はぺこんと頭を下げた。

歳の頃は友造とおっつかっつというところであろうか……。

日焼けした肌に、細い髷が定斎屋の特徴といってもよいだろう。

「おまえさん、伏見屋が現在どこにいるのか知っているんだって？」

お葉が茶を淹れながら訊ねる。

「へい。寺嶋村の新梅屋敷近くの百姓家においででやす」

「何故、おまえさんがそれを知っているんだえ？」

東次は顔を上げ、真っ直ぐにお葉を見た。

「そう訊かれると思ってやした……。実は、あっしは伏見屋が市ヶ谷柳町に見世を構えていた頃に、夏場になると毎年廻らせてもらってやしたもんで……。もちろん、旦那の顔も見知ってやした。ところが、五年前に伏見屋が身代限りに……。あっしはあんなに隆盛を誇った伏見屋がなんで身代限りになったのか不審に思いやしてね。それで、旦那や内儀さんがどこに行ったのか近所の者に訊いて廻ったのですが、誰もが口を揃えたように判らねえと言うではありやせんか……。それで、あっしもいつしか伏見屋のことを忘れかけていたんでやすが、去年の夏、新梅屋敷の傍の寮に薬を届けに行ったところ、そこのご隠居に、丁度良かった、この寮の裏手にある百姓家の納屋で康右衛門という男が病に臥しているんで、その男にも薬を分けてやっちゃくれないか、金は自分が払うので、ただ渡すだけでよい、と言われやしてね……。それで、百姓家の納屋を訪ねてみたところ、驚いたのなんのって……」

東次が辛そうに眉根を寄せる。

「伏見屋の旦那がいたというんだね？」

お葉がそう言うと、東次はふうと太息を吐いた。

「変われば変わるものです……。以前はあれほど偉丈夫だった旦那の身体が一回り、いや、二回りも小さくなって、まるで七十路近くの爺さまかと思えるほど窶れてやしてね……。けど、面差しの中に昔の面影がありやしたし、あっしが気づくというより、旦那のほうが先に気づいて下せえやしてね……。なんでも、柳町を離れてあちこち転々とした後、二年前からその百姓家の世話になることになったのだとか……。聞くと、そこの娘が以前伏見屋に奉公に上がっていたとかで、それが縁で、その少し前から胸を患い行き場のなくなった旦那に手を差し伸べたんだとか……。旦那、言ってやしたよ。落ちるところまで落ちてしまうと、もう何も怖いものはねえ、いつ、お迎えが来ようと本望だと……」

「旦那は一人だったのかえ？　内儀さんは？」

「いいえ、一人でやした……。あっしは訊きやした。内儀さんはどうなさったのでやすかと……。けど、終しか、内儀さんのことは口にされやせんでした。それで、きっと言いたくないのだろうと思い、もうそれ以上は立ち入ったことは訊きやせんでしたが、旦那のことが気になって、それからは一月に一度は百姓家を訪ねてみることにしてやしたんで……。あれから一年になりやすが、旦那は見る度に弱ってこられやしてね。あっしが見るところ、もうあまり永くはねえのじゃなかろうかと……」

「医者に診せてるんだろ？」

「いえ、それが……。あっしも医者にかかるようにと勧めたんでやすが、旦那は、死に行く身に、なんで医者が要ろうかよ、と言って、頑として受けつけようとして下さいやせんで……。それで、あっしも匙を投げ、見舞いに行く折に滋養のある卵や水菓子（果物）を持って行くようにしやしたんで……。そんなときでやす。黒江町の日々堂が伏見屋の消息を知りたがっていると耳にしたのは……。何ゆえ、日々堂が伏見屋の消息を知りたがっているのかは解りやせんでしたが、とにかく、お知らせしなくてはと思い、こうして訪ねて来たってわけで……」

「そうかえ……。どうやら、おまえさんの話に嘘はなさそうだ。ところで、旦那は本当に一人だったんだね？」

「と言いますと……」

東次はとほんとした。

お葉はしばし考え、改まったように東次に目を据えた。

「単刀直入に言おう。おまえさん、柳町の伏見屋に出入りしていたのなら、旦那に手懸がいたのを知っているだろう？　お加代っていうんだが、いや、もしかしたら、源氏名の胡蝶と呼ばれていたかもしれない……。それが五年ほど前のことで、当時は二十四歳……。ねっ、知らないかえ？」

東次が目をまじくじさせる。

「その女が柳町にいたというんでやすか？」

「いや、別に妾宅を構えていたかもしれないね」

「だったら、あっしにゃ判りやせん。本宅にいたというのなら、一度くれェ目にしたことがあるかもしれやせんが……」

お葉が拍子抜けしたように肩を落とす。

「そりゃそうだよね……。やっぱ、これは伏見屋の旦那に直接訊ねてみるよりほかないってことか……。けど、旦那の居場所が判っただけでも有難いよ。早速、訪ねて行ってみることにするよ」

「てことは、日々堂が捜しているのは、伏見屋の旦那ではなくて、その女ごのことなんでやすね？」

東次に言われ、お葉が申し訳なさそうに手を合わせてみせる。

「済まないね……。実は、その女ごというのが、ここにいる友造の妹でね。理由あって、幼い頃に別れ別れとなり、お加代って妹は五丁（新吉原）に売られて行っちまったんだよ……」

ああ……、と東次が納得したように頷く。

「じゃ、その女ごは五丁で旦那と出逢い、身請されて手懸に……。けど、伏見屋が身代限りとなり、その女ごの消息が判らなくなった……。ねっ、そういうことなんでやしょう？」

「ああ、そういうことなんだ。友造は妹とは別の親戚に預けられ、その後、日々堂に奉公することになったんだが、此度、俺の娘と所帯を持つことになってよ……。いずれは、この男が日々堂の宰領（大番頭格）となるんだが、妹が幸せに暮らしているのかどうか確かめるまでは祝言を挙げるわけにはいかねえ、と友造が言い出したもんでよ……。現在のところは、お先真っ暗だ……。伏見屋の旦那の居場所が判ったといっても、果たして、旦那がお加代の消息を知っているかどうかは判らねえんだもんな……」

正蔵が蕗味噌を嘗めたような顔をする。

「何言ってんだえ！　旦那に逢えば何か手掛かりになるものが摑めるかもしれないじゃないか……。あたしは諦めていないからね。一歩、お加代に近づけたと思ってるんだからさ！　東次さんとやら、有難うよ。少ないけど、これは酒手だと思っておくれ」

お葉が小銭入れから二朱銀を一枚摘み出す。

東次は慌てて手を振った。

「滅相もねえ！　あっしはそんなつもりで知らせに来たわけじゃねえ……」

「何言ってんだよ、こればかしの金で……」

「いえ、いけやせん！　受け取ることは出来やせん……」

お葉は一瞬困じ果てたような顔をしたが、何か閃いたのか、ふわりとした笑みを東次に返した。

「じゃ、こうしようじゃないか！　この金で買えるだけの薬を買うよ。うちは店衆が多くて大所帯なんでね。この夏、暑気中りをしないで我勢してもらうためにも、皆に飲ませてやりたいんでね……。ねっ、それならいいだろう？」

「あっ、そうしてもらえると助かりやす……。いやァ、こいつァ、申し訳ありやせん……。じゃ、あっしも礼といっちゃなんだが、お加代って女ごのことを少し探ってみやすよ……。先に、五丁にいたというのなら、遊里を廻った際に、それとなく訊ねてみやす。牛は牛連れと言いやすからね……。さっき聞いた話から思うに、どのみち、行き着く先は流れの里（遊里）……。五丁にいた頃の胡蝶という名前と、伏見屋の名を出せば、そんな身の有りつきをしてきた女ごを知っているという者が現れるかもしれねえんで……」

東次は委せておけとばかりに、ポンと胸を叩いてみせた。

「それで、友造を寺嶋村にいつ行かせやす？」

東次が日々堂を辞すと、正蔵が改まったように訊ねる。

「早いに越したことはないからね。友造、明日にでも行ってみようよ」

お葉がそう言うと、友造が驚いたような顔をする。

「えっ、女将さんも一緒に行かれるんでやすか？」

「ああ、行くさ。あたしだけじゃないよ。友七親分にも一緒に来てもらうつもりだからさ」

「けど、それじゃ、女将さんや親分に申し訳ねえ……」

友造が気を兼ねたように言う。

「何が申し訳ないだよ！　伏見屋の旦那からどんな話が聞けるかは解らないが、話の内容によっては親分にいてもらうほうがいいように思うからさ……」

「あっ、そうでやすよね。あっしもそのほうがよいかと……。なんせ、女将さんの勘は人並み外れているからよ。それに、金が入り用ってことにでもなれば、やっぱ、女将さんに一緒に行ってもらうほうがいいし、もちろん、親分にも……」

正蔵がそう言うと、友造は申し訳なさそうに項垂れた。

「済みやせん……」

「何言ってんだよ！　おまえが気を兼ねることはないんだよ。さっ、そうと決まったら、明日、寺嶋村までご足労願うことを、親分に知らせてこなきゃ……」

お葉が立ち上がりかけたそのとき、まるで計ったかのように、友七が茶の間に入って来た。

「俺にご足労願うたァ、なんのことかよ？　おっ、宰領も友造も見世にいねえと思ったら、なんだ、ここにいたのかよ……」

友七は勝手知ったる我が家とばかりに長火鉢の傍にどかりと腰を下ろすと、お葉の傍らに定斎の袋が山と積まれているのを見て、目をまじくじさせた。

「こいつァ、一体……」

「そう、それなんだよ！　実は、今し方、定斎屋の東次って男が伏見屋の旦那の居場所を知らせに来てくれてさ……」

「えっ、判ったのか！」

「ああ、まず間違いないと思うよ。その男は伏見屋が柳町に見世を張っていた頃、夏場になると毎年のように出入りしていたというからさ」

「で、どこにいた？」

「それがさァ、寺嶋村の百姓家の納屋で、しかも、旦那がたった一人で病の床に就いてるってんだよ……」

「百姓家の納屋だって？　しかも、たった一人で病の床に就くたァ、そいつァ、一体どういうことなのかよ……」

お葉が辛そうに肩息を吐き、東次から聞いたことを話す。

「伏見屋が路頭に迷い、あちこち転々としたというのは解るとして、ところで、女房はどうした？　それに、お加代は……」

友七が訝しそうに言う。

「東次が旦那に内儀さんはどうしたのかと訊ねたそうなんだが、終しか、旦那は答えようとしなかったそうでさ……。けど、お加代のことは知らなかったみたいだよ。今日初めて旦那に逢って、旦那に手懸がいたと聞いて、驚いた顔をしていたからさ……。だからさ、伏見屋の旦那に逢って、身代限りになった後、お加代がどうなったのかを直接訊ねてみるより仕方がないんだよ……。それで、明日、友造とあたしが寺嶋村に行くことになったんだが、親分にもついて来てもらえないかと思ってさ……。駄目かえ?」

「明日? いや、駄目ってことはねえが……。ああ、よいてや! 行こうじゃねえか……。で、明日はいつ、ここを出立する?」

「五ツ半(午前九時)はどうかえ? 親分がその時刻にここに来てくれれば、四ツ手(駕籠)を呼んでおくからさ」

「ああ、解った。ところで、いつになったら茶を飲ませてくれるのかよ……。俺ャ、喉がからついちまったもんで、それで馳走になろうと思い寄ったというのによ」

「おや、ごめんよ、気が利かなくて……」

お葉が首を竦め、茶の仕度を始める。

「じゃ、あっしらは見世に戻りやすんで……」

正蔵と友造が会釈をして、見世に戻って行く。

友七は定斎袋に目をやると、にたりと嗤った。

「それで、この大量の薬ってか……。ヘン、東次という男もなかなか抜け目がねえじゃねえか！」

「何言ってんだよ！　無理に買わされたわけじゃないんだからさ。あたしは酒手を渡そうとしたんだよ。けど、どうしても受け取らなくてね。そんなつもりで知らせに来たのじゃないって……。これまでの男が礼金目当てにやって来たのに比べ、健気じゃないか！　あたし、ぐっときちゃってさ……。それで、二朱銀で買えるだけ買うんで薬を置いてってくれと言ったんだよ。あっ、親分、少し持っていくかえ？　お文さんもお美濃も、衣替えの怱忙をなんとか乗り切ったけど、このまま暑気中りしないで夏を越せるように飲ませてやるといいよ」

お葉が猫板の上に湯呑を置きながら言う。

「まったく、おめえの人の善いのには呆れ返っちまわァ……。そりゃ、定斎屋はほく顔だったろうさ。じゃ、俺も少し分けてもらおうかな？　それがよ、お文の奴、此の中、食が進まなくてよ……。まっ、疲れが溜まっていたのと、この暑さが応えてるんだろうが、歳も歳だからよ……」

お葉が気遣わしそうに眉根を寄せる。

「それはいけないね……。お文さん、腎の臓を病んでたが、そっちはどうなんだえ?」

「相変わらずでよ……。無理をすると、すぐに浮腫が出る」

「あの病は完治するってことがないらしいからね。親分、お美濃の婿取りを急いだほうがいいのじゃないかえ? 先々、安心して古手屋を委せられる、そんな男はいないものかね……」

「それがよ、どっちを見ても帯に短し襷に長しで……。それによ、お文と甘くやっていける男がいるだろうかと思うとな」

友七が太息を吐く。

「お文さんと? だって、所帯を持つのは、お美濃だよ……」

「そりゃそうなんだが、古手屋を継ぐとなったら、どうしたって、お文と顔を突き合わせる……。あの気の勝った、お文と甘くやっていける男がいるんだろうかと思うとよ」

「親分は甘くやってるじゃないか! それに、お美濃とだって……。腹を痛めた娘なら、少々気に入らないことがあっても我慢するより仕方がないが、お美濃は養女だよ？　しかも、物心つかない頃から育ててきたというのならまだしも、お美濃を引き取ったのは十九のときだからね……。言ってみれば、一人前の女ごだ。そのお美濃と実の母娘みたいに暮らせるんだもの、婿とも甘くやっていけるんじゃないのかえ？」

「そうだといいんだが……。だがよ、お美濃の場合は、あいつの身の有りつきにいたく同情したお文がなんとしてでも我が手で幸せにしてやろうと思ったからなんだが、お美濃のことをそれだけ慈しんでいるとあって、婿が来ると心穏やかじゃなくなるのじゃねえかと……」

「てんごうを！　お文さんが婿に肝精を焼く（嫉妬する）とでも？　姑が息子の嫁に妬心を抱くって話は聞いたことがあるが、娘の婿に肝精を焼くだなんて……」

「実の娘ならな……。が、お美濃は養女だ。先つ頃のお文を見ていると、お美濃を見る目に尋常じゃねえものを感じてよ……」

「尋常じゃないとは？」

「それがよ、まるで心底尽くになった相手を見るような目をしていてよ……」

お葉がぷっと噴き出す。

「莫迦莫迦しくって聞いちゃいられないよ！　親分の思い過ごしだよ……。なんだえ、黙って聞いてりゃ、お文さんとお美濃が仲のよいのに親分が妬いてるだけの話じゃないか……。ははァん、おおかた、衣替えの最中、自分だけが除け者にされたみたいで、それで拗ねたものの見方しか出来なくなってるんだろうさ……。だったら尚のこと、お美濃に婿を取らせるんだね。そしたら、お文さんの心がまた親分へと戻って来るだろうからさ！」

「置きャがれ！　まるで俺がお文に相手にされねえのを僻んでるかのようなことを……。誰があんな婆なんか！」

友七が忌々しそうな顔をする。

が、お葉はふとまじめな面差しをすると、友七を見据えた。

「親分、悪いことは言わない……。お美濃の婿取りのことを真剣に考えたほうがいいよ。お文さんが寝込むようなことになってから慌てたって遅いんだからさ！」

友七はお葉に瞠められ不安を掻き立てられたのか、ああ、解った……、と頷いた。

翌朝、お葉と友造、友七の三人は寺嶋村へと四ツ手を駆った。

新梅屋敷の傍の寮とは、油問屋白河屋の寮のことである。

菊川町にある白河屋は日々堂の得意先の一つで、これまでに何人もの奉公人を斡旋していた。

「寮の裏手の百姓家といえばおそらくあの家なんでしょうが、今、白河屋のご隠居に確かめてきやすんで、少々お待ちを……」

友造がそう言い置き、寮の枝折戸を潜って庭に入って行く。

「白河屋といえば、確か、三年ほど前に若旦那がごろん坊（ごろつき）になぶり殺しにされたってことがあったよな……。気の毒に、跡継がいなくなっちまったのか……」

友七が手入れの行き届いた瀟洒な庭を眺めながら呟く。

庭には今が盛りと、赤と白の芙蓉が咲き乱れていた。

「ええ、でも、娘が一人いましてね……。と言っても、幼い頃に養女として貰った娘で、まっ、いずれは、その娘に婿を取ることになるんでしょうよ」

「てこたァ、後継者の心配はしなくてよいということか……」

「親分のところと同じだよ。それで、婿取りの件をお文さんに話したのかえ？」

友七は狼狽えた。

「話すもんか、そんなこと……」

「なんで話さないのさ！」

「いや、そのうち話すさ……。けど、昨日の今日ではよ」

「まったくもう、親分はこれなんだから……」

そこに、友造が戻って来た。

「やはり、あの百姓家のようです。先に、熊吉という男の娘が伏見屋に奉公に上がっていたとかで……。白河屋のご隠居が伏見屋の旦那のことをたいそう気になさいやした……。納屋では病の身体に障るだろうからと、何度もこの寮に移ってくるようにと勧めたところ、旦那が頑として聞き入れようとされなかったそうで……。ご隠居はあっしが日々堂の者と知り、おまえさんから口説いてくれないか、と頭を下げられやした……」

友造が弱りきった顔をする。

お葉の胸にチカッと痛みが走った。

父嘉次郎のことを思い出したのである。

嘉次郎も借金で二進も三進もいかなくなった際、あれでも仲間内に頼めばまだなんとかなったかもしれないというのに、見世を手放すことのほうを選び、借金を皆にすると、残りの金を些少ながらも店衆に餞別として分け与え、娘のおよう（お葉）にも幾ばくかの金を遺して首縊りしてしまったのである。

思うに、大店の主人としての矜持がそうさせてしまったのであろう。

伏見屋康右衛門も、己なりに我が身を律しているに違いない。

胸を病み、百姓家の納屋でひっそりと朽ちていくことこそ己には相応しく、決して、他人さまのお情けに縋ってはならないと……。

ましてや、伏見屋と同格の白河屋に救いを求めるのは、屈辱にも等しい……。

「どうしてェ、その顔は……。ははァん、おめえ、今、おとっつァんのことを思い出したんじゃねえのか？」

友七がお葉の顔を覗き込む。

お葉の胸がきやりと揺れた。

「なんだえ、他人の心に土足で踏み込まないでおくれよ！　さっ、納屋を訪ねてみようよ……。だが、その前に、百姓家に挨拶しておかなくちゃね。友造、悪いが声をかけてきておくれ！」

「へい！」

友造が駆けて行く。

お葉と友七も後に続いた。

生垣で遮られた敷地に入ると、正面に藁葺きの母屋があり、手前の右脇に牛小屋と物置が、そして左手脇が納屋となっているようである。

すると、康右衛門は左手の納屋で病臥しているのであろうか……。

母屋に駆けて行った友造が戻って来る。

「何度も訪いを入れたのでやすが、誰もいねえみたいで……」

「おおかた、野良仕事にでも出てるんだろうさ。しょうがあるめえ、勝手に伏見屋の旦那を見舞わせてもらおうじゃねえか……」

友七は左手の納屋へと歩いて行った。

「おっ、伏見屋、おめえがここにいるのは判ってるんだ。俺ャ、蛤町の友七っていう岡っ引きだが、おめえにちょいとばかし訊きてェことがあってよ……。悪ィが入らせてもらうぜ！」

友七は外から声をかけると、板戸をガラリと開けた。

土間の上に藁で寝所が作ってあり、その上に蒲団が敷かれている。

蒲団が微かに揺れ、康右衛門は身体を動かそうとした。

友造が駆け寄り、その身体を支える。

「寝ていて下せえと言いてェんだが、済まねえ、ほんの少し旦那に訊きてェことがありやして……。俺ャ、友造といって、お加代の兄貴なんだがよ。あっ、胡蝶といったほうが解るかな？」

康右衛門の顔がさっと強張った。

頰骨が飛び出て、落ち窪んだ目は七十路近くの爺さまを想わせるが、東次の話では、康右衛門はまだ五十路前のはずである。

「お加代……。いや、確か、胡蝶と言われましたな？」

康右衛門は掠れた声を出した。

「ああ、俺の妹なんだ……。俺が七歳、お加代が六歳のときに父親が俺たち兄妹を置き去りにして家を出て行き、それからというもの、俺たちは別々に親戚の家に預けられた……。幸い、俺が預けられた親戚は継子苛めもせずに育ててくれ、俺ャ、十四のときに便り屋日々堂に奉公に出た……。ところが、可哀相に、お加代は父親に騙され、女衒に売られたというのよ。俺ャ、そのことをずっと知らねえまま今日まで来たんだが、てっきり、どこかで幸せに暮らしていると思っていたお加代が五丁に売られたと知ったのが、今年に入ってからのことでよ……。その、お加代の消息を探って下さったのが、ここにいる友七親分でよ……」

「なに、突き止めたのは俺じゃねえ、檜物町の惣次親分でよ……。親分の調べによると、お加代は傾城屋富士楼の禿となり、その後、胡蝶と名を替え留新（留袖新造）になった……。聞くところによると、丁度その頃、おめえは胡蝶に惚れ込み身請したというじゃねえか……。なっ、違うか？」

友七の言葉に、康右衛門が、はい、違いありません、と頷く。

「お加代は市ヶ谷柳町の伏見屋に引き取られ……、いや、待てよ。おめえには女房がいたんだから、本宅に連れ帰るわけにはいかねえよな？　おおかた、どこかに妾宅でも構えたのだろうが、伏見屋の屋台骨が傾き、身代限りしちまったもんだから堪んねえや……。おめえたちは夜逃げ同然に、人目を避けて姿を消した……。何があったのかは知らねえが、まっ、てめえが蒔いた種……。世の中にはそんな話は掃いて捨てるくれェあるからよ。気の毒には思うが、俺ャ、それ以上の詮索はしねえ……。ところが、お加代のこととなると、そうはいかねえ！　おっ、正直に言いな！　お加代はどうなったのかよ？」

友七のだみ声に、康右衛門がガクガクと顫える。

「申し訳ありません、申し訳ありません……」

「それじゃ、解らねえだろうが！　もう少し解るように話してくれねえか？　えっ、お加代をどうしたって?」

「親分、そんなに頭ごなしに言わなくても……。伏見屋の旦那、あたしは日々堂の女主人のお葉といいます。友造は真面目で、とてもよく働いてくれましてね。その友造が妹の消息を突き止めないことには、生きた空もない(気が気でない)と言いますんでね……。たった二人の兄妹です。幼い頃に離れ離れとなった妹の身を案じる友造の気持を解ってやって下さいな……。どんなことを聞いても、おまえさんを責めはしません。どうか、ありのままを話しておくれでないかえ?」

康右衛門の目に、わっと涙が盛り上がった。

「話しましょう……。伏見屋が身代限りとなったのは、家内と番頭が見世の金すべてを持ち出したばかりか高利の金にまで手をつけ、姿を消したからで……。家内はあたしがお加代に現を抜かしたことへの、腹いせをしたつもりだったのでしょう。番頭が唆したのか家内が誘ったのかは判りませんが、二人の思惑は見事に当たり、伏見屋は差し押さえられてしまいました……。そんなときです。取り引きのあった絵草紙屋が胡蝶を譲ってくれるのなら、二十両出そうと言ってきたのです。借財のほうは見世を手放すことで片がついていましたが、身すがら追い出されたのでは、今後どうやって糊口を凌いでいけばよいのか……。二十両あれば、裏店からの出直しが出来るかもしれない……。あたしの中にそんな思いがあったのも事実ですが、あれほど恋い焦がれて一緒になったお加代をたった二十両で人手に渡すのかと思うと、いっそ、お加代と心中して果てたほうがよいのでは……、と迷いに迷いました。お加代はそんなあたしの逡巡に気づいていたのでしょう……。旦那さま、二十両でもう一度やり直して下さい、あたしはこれまで旦那さまからどれだけの幸せを貰ったことでしょう、あたしが絵草紙屋に引き取られることで旦那さまの役に立てるのなら、これほどの悦びはありません……、とそう哀願したのですよ。あたしは藁にでも縋るような想いで、済まない、済まない、と平謝りに謝りながら二十両に飛びついてしまいました……」

康右衛門が、なんと愚かなことを……、と肩を激しく顫わせる。

「この大かぶりが！　たった二十両でお加代を売り渡しただと？　それじゃ、友造のおとっつァんと変わりゃしねえ！」

友七が吐き出すように言う。

「絵草紙屋といったが、なんて見世だ？　どこにある……」

友造がせっついたように訊ねる。

「浅草東仲町の江戸一という見世で、主人の名は草平衛……。その後、お加代がどうなったのかは判りません。と言うのも、二十両の金など羽が生えたかのように瞬く間になくなり、ついに、あたしは紙屑買いにまで身を落とし、いつの日にか見世の再建をと思っていた先への望みも、いつしか萎えてきて……。胸を病んでいることに気づいたのは、二年ほど前のことでして……。あたしは罰を受けているのだと思いました。どんなことがあっても、お加代を手放してはならなかったのですよ。それなのに、なんという人畜生なことをしてしまったのか……。ですから、あたしはもっともっと苦しむべきなのですよ……」

と、そのとき、納屋の外で啜り泣く声がした。

お葉が振り返ると、なんと、五十路がらみの野良着を纏った女ごが、手拭を顔に当て、肩を揺すっているではないか……。

女ごはお葉の視線に気づくと、涙を拭いながら納屋の中に入って来た。

「あたしゃ熊吉の女房だが、おめえさんたちは?」

「おっ、留守に勝手に入ってきて悪かったな……。俺ャ、蛤町の友七という岡っ引きで、こっちが黒江町の便り屋日々堂の女将、そしてこの男が友造という町小使でよ」

女ごは友七の腰の十手を見て、怯んだように後退った。

「怖がるこたァねえ。ちょいとこの旦那に訊きてェことがあって来ただけなんだからよ……。ところで、おめえさんがこの男の世話を？」

女ごは上目遣いに友七を見て、へえ……、と答えた。

「そうかえ、親戚でもないのに、なんて奇特なことを……」

お葉が感心したように言うと、女ごは、いいんや！　と頭を振った。

「現在でこそこんな姿だが、これまで旦那さまがどれだけ店衆のことに気を配って下さったか……。十五のときに奉公に上がった娘をちゃんと嫁に出して下さったばかりか、末の息子が風邪を拗らせ長患いをしたときには、滋養のある食べ物を食べさせてやれと見舞いの金を包んで下さり、お陰で、その息子も現在ではお店奉公が出来るほどになったんだ……。一分の恩にも舌を抜かれよというけど、あたしたちに恩が返せるのは、こんなときしかないからね……」

「済まない、お仙さん、迷惑をかけてばかりで……」

康右衛門が咳き込む。

お仙という女ごは康右衛門の傍に駆け寄ると、背中を擦った。

「何が迷惑だろうか……。亭主も言ってるんだ。たまたま野菜を運んでいった帰り道に、具合が悪くなって道端に蹲った旦那さまに出会すとは、これも何かの縁……。きっと、俺たちに旦那さまの世話をしろと、お天道さまがそう言っていなさるんだと……。だからさ、大したことは出来ないが、ここが終の棲家だと思って養生して下さいな」

お仙はそう言うと、気を兼ねたようにお葉を見た。

「いえね、本当は納屋なんかではなく、母屋で休んでもらいたいんですよ……。けど、旦那さまがうんと言って下さらなくって……。自分にはここが相応しいの一点張りで、しかも、医者に診てもらうことも聞いては下さらないんですからね。無理に連れていくわけにもいかないし、困ってるんですよ」

お葉は屈み込んで、康右衛門を諭すように言った。

「旦那、自分に罰を与えようという、おまえさんの気持は解るよ。けど、周囲の者には、日増しに弱っていくおまえさんを座視しているのがどんなに辛いことか解るかえ？　手当を受けて、それでも弱っていくのは仕方がないが、手当も受けないとは、それじゃ、自裁と変わりゃしない！　あたしが何故こんなことを言うかといえばね、あたしの父親が身代限りした後、首縊りして死んじまったからなんだ……。おとっつァんはそれでも良かったかもしれない。けど、遺されたあたしの身にもなってもらいたいよ。未だに、心の疵が拭えないんだからさ……。あのとき、あたしにも何か出来ることがあったのじゃなかろうか、何故、助けてあげられなかったのだろうかとね……。だからさ、お仙さんや熊吉さんのためにも、生きようとしてあげなきゃ！」

お葉が声を荒らげたのを見て、お仙が割って入る。

「旦那さまを責めないで下さい……。旦那さまが悪いわけじゃないんですよ！　何もかも、番頭と一緒に逃げた内儀さんのせいなんだから……。亭主が妾を囲ったからって、それがなんだというのさ！　そんな男はごまんといるが、腹いせのために番頭と連んで見世の金を持ち逃げするなんて、どこの世界にそんな女房がいようかよ！　あたしは旦那さまの味方です。この納屋でひっそりと朽ちていきたいと願う、旦那さまの気持も解ります。だから、思い通りにさせてあげて下さいませんか？　後生一生のお願いです。あたしたちは世間から薄情者と誹られたって構わない！　旦那さまのしたいようにさせてあげたいんですよ……」

お仙が手を合わせ、縋るような目でお葉を見る。

お葉は愕然と肩を落とした。

お葉にも康右衛門の気持が手に取るように解るのである。

あのとき、父嘉次郎にも、死を選ばずとも生きる術があったはず……。

それでも、嘉次郎は生きていくことより、死ぬことのほうを選んだのである。

だが、なんということ……。

康右衛門の身に起きたことが、嘉次郎に起きたことと同じだったとは……。

ただ一つ違うのは、康右衛門には遺される子がいないということ……。

「お葉よ、もういいだろう……。俺にはおめえの気持がよく解る。だが、放っておいてやるのも親切ってもんでよ。他人の心は杓子定規にゃ測れねえ……。ひとまず、今日のところは帰ることにしようじゃねえか。お加代が浅草東仲町の江戸一という絵草紙屋の囲い者になったことが判っただけでもよしとしようぜ……。なっ、友造もそれでいいな？」

友七がお葉と友造を交互に見る。

「へい、ようがす」

友造は素直に頷いた。

お葉は康右衛門の傍に寄ると、

「きつい言い方をしちまって済まなかったね……。けど、あれはあたしの本心だ。お加代だって、現在のおまえさんの有り様を耳にすれば、きっと哀しむと思うよ。お加代はね、おまえさんを助けようとして、江戸一に行ったんだからさ……。それなのに、おまえさんがそんなんじゃ、お加代が身を挺した甲斐がないじゃないか！」

と言った。

友七がお葉の腕をぐいと引く。

「止せと言っただろ？　おめえが言わなくても、そんなことは旦那もとっくに承知……。一番辛ェのは旦那なんだからよ。おっ、伏見屋、悪かったな！」

友七がお葉を納屋の外に連れ出す。

お葉の頬に涙が伝った。

「あたし……、あたし……」

「いいってことよ！　さっ、帰ろうぜ」

友七に促され、お葉は涙を拭うと小銭入れから小粒（一分金）を摘み出し、お仙の手に握らせた。

「これは……」

お仙が戸惑ったような顔をする。

「見舞いだよ。旦那に卵でも買って食べさせてやっておくれ」

「でも、こんなに……」

「いいんだよ。おまえさんたちへの犒いの意味も籠めているんだから、亭主に酒でも飲ませてやりな……。あっ、それから、今後、あたしたちの力が要るようなことがあったら、黒江町の日々堂に知らせておくれ。いいね？　くれぐれも言っとくが、意地張るんじゃないよ。伏見屋の旦那に差出することは止めたが、おまえさんたちは違う……。あたしはおまえさんたちを助ける気持でいるのだから、どうか解っておくれよ」

お仙は日焼けした顔をくちゃくちゃに歪め、へえ、そう言ってもらえると助かります……、と答えた。

お葉たちは大川沿いに出ると、長命寺に向けて歩いて行った。

そこでなら、辻駕籠が拾えそうに思ったのである。

案の定、客待ちの四ツ手が棹になって並んでいた。

そろそろ正午近くになるのであろうか……。

「桜餅でも食べていこうか？　それとも、ここで中食も済ましちまおうか……」

「おっ、そいつァいいや！」

桜餅と聞き、友七がでれりと相好を崩す。

「けど、中食はおはまさんが作って待ってやすぜ」

友造が言う。

お葉の脳裡に、柳眉を逆立てたおはまの顔がつっと過ぎる。

出掛けに中食は要らないと言ってきていないので、おはまが嫌味を言うのは目に見えていた。

「じゃ、中食は戻ってから食べることにして、桜餅は食べようよ。せっかく長命寺に来たというのに、これを食べないって手はないからさ。そうだ！　店衆に土産を買って帰ってやるといいんだ。ねっ、親分もお文さんやお美濃に買って帰ってやりなよ。そうすりゃ、婿養子を貰うって話もしやすくなるってもんだ！」

「えっ、親分、お美濃ちゃんの縁談が決まったんで？」

友造が驚いたように言う。

「莫迦なことを……。お葉が勝手に騒いでるだけのことでよ」

「何が勝手だよ！　親分だって、言ってたじゃないか……」

「ああ、言った……。だが、何も今すぐというわけじゃなく、そのうち、と言っただけでよ。第一、婿を取るといったって、相手がいねえ……。さっ、着いた、入ろうぜ！」

友七が先に立ち、茶店の中に入って行く。

「奥の小座敷に行くか？ それとも、床几席でいいか？」

友七がお葉を振り返る。

「奥が空いているようなら、奥にしようよ。今後のことで少し皆の意見を聞いておきたいからさ……」

「ああ、それもそうよのっ」

友七が小女に、奥の座敷が空いているか、と訊ねる。

幸い、座敷は空いていた。

小女に案内されて奥座敷へと進みながら、そう言えば、この前ここに来たのは二年前のことだったっけ……、とお葉は懐かしそうに辺りを見廻した。

あのときは、鳥追に売られたおせいを連れ戻すことになり、お葉がこの見世でおせいと再会することに……。

おせいは、お葉が喜久治と名乗り辰巳芸者をしていた頃に、冬木町の仕舞た屋でお端女をしていた女ごである。

ところが、お葉が芸者を辞めて甚三郎の後添いに入ることになり、おせいは業平の実家に戻り、そこから嫁に出ることに……。

と、そんなふうに、お葉は信じ込んでいたのである。

それなのに、何ゆえ、おせいが鳥追などに……。

三十三間堂付近で鳥追の一行と通りすがった友七は、その中に、おせいの姿を見つけ、お葉にこう言った。

「おせいの親父みてェな輩は、他人の足許を見て、すぐに付け込みやがる！　女将、そもそも、おめえさんが悪いんだぜ。てめえの勝手でおせいに暇を出すのが後ろめてェもんだから、給金や餞別の他に祝儀までつけたというじゃねえか。おせいの親父は狡っ辛くも、おめえさんの懐を読んだのよ。絞れば、いくらでも銭が取れるとな。だから、ありもしねえ縁談を口にした……。すると、どうでェ、今度は祝儀と来たじゃねえか。業平の貧乏百姓にしてみれば、これ以上の福徳の百年目はねえからよ。こんな甘ェ話があって堪るかよ！」

「じゃ、おせいの父親は端からあたしを騙すつもりだったとでも……」

お葉は唖然とした。

「端から騙すつもりだったかどうかは知らねえが、おめえさんが次から次へと大盤振舞ェをするもんだから、つい、その気になったとも考えられるからよ。だからよ、現在は、おめえさんが前に出ねえほうがいい。委せときなって！　こういった場合は、こいつがものを言うのよ」

友七は腰から十手を抜き、鼻蠢かせた。

「嫌だよ！　しょっ引くっていうんじゃないだろうね」

「まさかよ……。だが、こいつを翳してみな？　誰しも、尻毛を抜かれたみてェに殊勝になるからよ。何ゆえ、嫁に行ったはずのおせいが鳥追の仲間にいるのか、現在、どこの非人小屋にいるのかまでを、俺がちゃんと調べてくるから委せときな！」

そうして友七が非人頭に渡をつけ、おせいを取り戻してくることになったのだった。

その際、足洗いに四、五十両の金がかかるかもしれないということで、お葉は芸者時代に蓄えた金をそれに充てることにしたのである。

お葉はおせいを日々堂に引き取ろうと考えていた。

考えてみれば、お葉が日々堂に後添いとして入る際、おせいも連れて来ればよかったのである。

それが出来なかったのは、当時はまだおはまや他の女衆に遠慮があったからだが、現在なら、おはまや女衆とも気心が通じていて、お葉の言うことに異を唱える者はいない。

おせい、待っていておくれよ、あたしがすぐに救い出してやるからね……。

「姐(ねえ)さん、あたし、ここにいちゃ駄目なんでしょうか」

父親(てておや)が業平から迎えに来たとき、縋るように見たおせいの目が、現在(いま)でも、お葉には忘れられない。

それなのに、お葉は女ごにとって一等幸せなのは所帯を持つことでと利いたふうなことを言ってしまい、おせいを実家(さと)に戻してしまったのである。

あのときの、おせいの物憂(ものう)い顔……。

おそらく、おせいには父親(てておや)の言う縁談が、決して、めでたいことではないと解っていたのであろう。

そのことに気づいてやれなかったことが、お葉には悔(く)やんでも悔やんでも、まだ悔やみきれない。

友七は非人頭ときっちり渡をつけてきてくれた。

それで、お葉が長命寺までおせいを迎えに行くことになったのである。

いきなり日々堂に連れて来たのでは、おせいも肩身(かたみ)が狭(せま)いだろうと思い、お葉は堅(かた)気(ぎ)の着物を一式揃えて長命寺へと向かった。

おせいは約束の八ツ（午後二時）きっかり、友七に連れられ長命寺の茶店にやって来た。

「姐さん、あたし……」

おせいは友七の後から座敷に入ると、お葉を見て、立ち竦んだ。

「おせい、おまえ、よくご無事で……」

お葉も感に堪えず、おせいの傍まで寄ると、ぐいと胸に抱き締めた。

「姐さん、姐さん、あァん……、あァん……」

おせいはお葉の胸の中で啜り泣いた。

「いいんだよ。もう、何も言わなくていい……。解ってるからね、解ってるんだよ」

お葉はおせいの背を擦りつづけた。

そんなことがあって、あれから二年半……。

おせいはすぐさま日々堂の女衆に溶け込み、現在では勝手方になくてはならない存在となっている。

長い人生、人は何度か岐路に立たされるが、道を誤れば、とんでもない身の有りつきに……。

が、何度でもやり直しは利くのである。

どうぞして、友造の妹お加代も、方向を誤っていませんように……。

そう願うほかなかった。

三人は部屋に入ると桜餅と茶を注文し、早速、東仲町の江戸一には誰が渡をつけるか相談した。

「やっぱ、この役目は俺しかねえだろうよ。あの界隈の親分といえば才蔵親分だが、人捜しのために手を煩わせるのもなんだからよ……。俺が直接当たってみることにしよう」

友七親分が美味そうに茶を飲みながら言うと、友造が、じゃ、あっしは何をしたら……、と不安げに訊ねる。

「おめえの出番はお加代の消息が摑めてからだ……。居ても立ってもいられねえ気持は解るが、もう少しの辛抱だからよ」

「そうだよね。お加代が江戸一の旦那の手に渡ったところまでは判っているが、あれから五年だもんね……。その後どうなったかは、江戸一の旦那に訊いてみなきゃ判らない」

お葉がそう言うと、友造はぎくりと身を硬くした。

「お加代はもうそこにはいねえかもしれねえと……」

「…………」

「…………」

お葉と友七は顔を見合わせた。

思いたくはないが、人を金で買うような者は、いつまた、金のために手放すかもしれない……。

言葉にこそ出さなかったが、二人の胸にそんな懸念があったのは否めない。

お葉は不安を払うかのように、さっ、桜餅を食べようじゃないか！　と威勢のよい声を上げた。


七月七日は七夕……。

が、この日は井戸浚えの日でもあった。

裏店では大家の指揮の下、住人が総出となって井戸の水を汲み上げ、中を掃除すると再び水を張るのだが、男手の多い日々堂では、町小使以外の男衆の役目となる。

中でも、図体ばかりが並外れて大きく、力だけは人一倍もある朝次は朝から大車輪で、この日ばかりは朝次のことを誰もががんぼとちょっくら返さなかった。

「朝次がいてくれれば百人力だ！　あの子が来るまでは小僧だけでは用が足せなく、

六助や与一が手を貸していたんだもんね」

おはまが井戸の底に入って水を汲み出す朝次を眺め、目を細める。

「風呂番しか能がないと思っていたのに、力仕事を一手（いって）に引き受けてくれるんで助かるよ。此の中、あたしもすっかり焼廻（やきまわ）っちまったもんだから水を汲むのがひと仕事でさ……」

お富が肩息を吐く。

「風呂に水を張るのは大仕事だもんね」

「そうなんだよ。腰にきつくてさァ……。けど、現在（いま）は朝次が何もかもをやってくれるんで楽をさせてもらっているよ」

「朝次がうちに来てほぼ一年になるが、じゃ、もうすっかり一人前の風呂番なんだね」

「一人前とは言えないが、まっ、あたしが傍で目を光らせていると、一応のことは熟（こな）せるようになったからね……。ただ、ああいう子だろ？　いつ、やりくじりをして火を出すかと思うと、気が抜けなくてさ……」

お富が蕗味噌を嘗めたような顔をする。

お富が危惧（きぐ）しているのは、朝次が多少知恵の廻らないところがあり、まるで盥回（たらいまわ）

しされるかのように余所の見世を転々としてきたからである。

が、便り屋兼口入業の日々堂としては、一旦雇い入れたからには、使い物にならないからといって、そうそう簡単に暇を出すわけにはいかなかった。

それで一計を案じ、朝次を裏方として使うようになったのである。

日々堂では、男衆と女衆が一日交替で風呂に入ることになっているが、何しろ、四十名を超える大所帯とあって、朝次は席の暖まる暇がないほどの大忙しであった。

風呂掃除や水汲み、薪割りは陽が高いうちに済ませておくが、風呂の中から温いの熱いのと声がかかる度に、井戸端と焚き口を行きつ戻りつして、目の廻るほどの忙しさなのである。

とは言え、腕力だけは誰にも劣ることがなく、多少知恵が廻らない朝次にはこの仕事は打ってつけだったとみえ、繰言ひとつ零すことなく、活き活きと目を輝かせて風呂焚き番に勤しんでいるのだった。

それ故、朝次は小僧たちからがんぼとちょうらかされても歯牙にもかけない。

どうやら、それが蔑称と思っていないようなのである。

朝次が日々堂に来たばかりの頃、お葉はおはまに苦言を呈した。

「小僧にそんなことを言わせちゃ駄目じゃないか！」

お葉がそう声を荒らげると、

「ええ、だから、あたしも小僧たちを叱りつけておきましたよ。けど、肝心の朝次が、俺ャ、どこのお店でもががんぼと呼ばれていたんだ、と平気な顔をしているんですからね」

と、おはまはそう言った。

「本人ががんぼと呼ばれても構わないというのかえ？」

「ええ。市太が言うには、朝次のほうから、俺ャ、ががんぼと呼ばれていたんだ、と打ち明けたらしくって……。それで、余所の見世ではそうだったかもしれないが、うちでは誰も仇名で呼ばないのだから、二度とそんな呼び方をしては駄目だと言ってやったんですよ」

「そうかえ……。仇名も愛称としてならいいが、蔑称は許せないからね」

「ところが、朝次はががんぼを蔑称とは思っていないみたいなんですよ。あいつ、蔑称の意味も解っていないのでしょうかね？　ただね、いくら本人がそう呼ばれても構わないといっても、店先じゃねえ……」

おはまは渋面を作ってみせた。

そこで、朝次を裏方に廻し、女ごには手に余る力仕事や風呂焚きをさせることにし、お富を指導兼監視役につけたのである。

とは言え、朝次のことをがんぼとはよく言ったものである。

別名、蚊の姥とも蚊蜻蛉、大蚊とも呼ばれ、蚊を数倍大きくした形をしているが、動きが緩慢なので見た目がどこかしら弱々しく、灯火に飛来し停まろうともがく様子は、憐れにも滑稽にも見える。

朝次が風呂焚きを委されて、ほぼ一年……。

現在では水を得た魚のように活き活きとした姿を見せてくれ、おはまもほっと安堵の息を吐くのだった。

と、そのときである。

「あっ……」

朝次が素っ頓狂な声を上げた。

「何?」

「朝次、何か見つけたのか!」

小僧の昇平、市太、権太、良作が井戸の中を覗き込む。

おちょうやおせい、政女たちも寄って行く。と言うのも、井戸浚えをしていると、毎年、必ずといってよいほど落とし物を見つけるからである。

落とし物で多いのは細金(こまがね)、櫛簪(くしかんざし)、眼鏡(めがね)、房楊枝(ふさようじ)、煙管(キセル)だが、ときには猫の死体が沈んでいることもあり、身の毛が弥立(よだ)つ思いをすることも……。

「簪だ……。一体(いってえ)、誰が落としたんだァ？」

朝次が銀製の葵簪(あおいかんざし)を握り、拳(こぶし)を突き上げてみせる。

女ごたちは顔を見合わせた。

簪というからには、当然、持ち主はこの中の誰かと思ったのであろうが、銀製の葵簪は一見(いっけん)して高直(こうじき)なもので、とても日々堂の女衆が持てるものではなかった。

「どれ、見せてごらん」

おはまが傍に寄って行き、朝次から簪を受け取る。

「なかなか上物(じょうもの)じゃないか……。女将さんのものじゃなさそうだ。政女さん、おまえさんのかえ？」

おはまが政女を見る。

政女は慌てて、いえ、と否定した。

おはまの視線がおちょう、おせいへと移る。

「おまえたちがこんな上物を持てるはずがないし、当然、おつなでもないし……」

おはまがそう言うと、おつなが狼狽え、視線を泳がせた。

えっと、おはまがおつなを見据える。

「おつな、その顔は何か知ってるって顔だね……。正直に言いな！　まさか、おまえの簪だというんじゃないだろうね？」

おつなは項垂れ、すじりもじりとした。

「黙ってちゃ解らないだろうに！　この簪はおまえのかえ？」

「…………」

「どうした？　違うのなら違うと、何故はっきり言えない……。もう一度訊くが、この簪は誰のだえ？」

「おつな、知っていることを言っちまいなよ」

おせいが割って入る。

すると、おいら、知ってる！　と市太が大声を上げた。

皆の視線が一斉に市太へと……。

「おいら、おつなが簪を挿して盥の水に顔を映していたのを見たことがあるもん！」

えっと、皆の目がおつなに移る。

「本当なのかえ？」

「…………」

「市太が見たと言ってるじゃないか！　言っちまいなよ、本当のことを……」

昇平が鳴り立てる。

おつなは泣き出しそうな顔をした。

「おつな、来るんだ……。女将さんの前で本当のことを話してもらおうじゃないか！　なんでおまえがこんな高直な簪を持っているのか、正直に話すんだ！」

おはまはおつなの腕を摑むと、厨に入って行った。

「女将さん、ちょいと話が……」

おはまが障子の外から声をかけると、お入り、と茶の間から声がかかった。

おはまがおつなを引き摺るようにして、茶の間に入って行く。

「どうしたえ、怖い顔をして……」

お葉は訝しそうにおはまを見た。

「おつな、坐るんだ……。さっ、女将さんの前で本当のことを話すんだよ」

おはまはそう言うと、銀製の葵簪をお葉に手渡した。

「どうしたえ、こんな上等な簪を……」

「それがね、井戸浚えをしていて、朝次がこの簪を見つけたんですよ……。見たところ、いかにも高直そうな簪じゃないですか！　うちの女衆にこんな上物を挿せる者はいないと思ったんだけど、これが落ちていたのはうちの井戸ですからね……。まさか、余所者がわざわざ裏庭に入って来て、井戸に簪を落としていくわけがないし、それで、念のために女衆の一人一人に訊ねたところ、おつなの挙動がどう見ても怪しいじゃないですか……。そしたら、おつながこの簪を挿しているのを見たと市太が言い出しましてね……。ところが、おつなったら、どうやってこれを手に入れたのかと訊ねても、情を張って何ひとつ答えようとしないじゃないですか！　それで、女将さんにおつなを糺してもらおうと思いましてね……」

おはまはそう言い、おつなを睨みつけた。

「おつな、顔を上げなさい。じゃ、あたしから訊くよ。これはおまえの簪なんだね？」

「はい……」

おつなは頷いた。

「では、これはどうやって手に入れた？　誰かに貰ったのかえ？　それとも、おまえが買った……。買ったとすれば、こんな高直な簪をどうして買うことが出来たのか話しておくれ」

「貰ったんです……」

おつなは鼠鳴きするような声で呟いた。

「貰った？　誰に貰ったのさ」

「…………」

おつなが潮垂れる。

「ほれ、はっきり言いなよ！　あたしたちが知ってる人かえ？　男なのかえ？　それとも女ご……。おつなったら、いい加減に本当のことを言っちまったらどうなんだえ！」

おはまが気を苛ち、甲張った声を出す。

「醤油屋の貞さんです……」

「醤油屋の貞さん？　おはま、知っているのかえ？」

お葉に問われ、おはまが忌々しそうな顔をする。

「あの猪牙助（軽薄な男）が！　ええ、知っていますよ……。貞吉というんですがね、うちに醤油を届けに来る銚子屋の手代ですが、女ごと見れば甘い言葉や物で誑し込もうとする色事師と評判の男でしてね……。まさか、おつなにまで……。いえね、おさとがいた頃のことなんですが、配達に来た隙を見て、おさとに言い寄ろうとしたことがありましてね。と言っても、おさとはその頃から靖吉さんに想いを寄せていたものだから、相手にしようとしませんでしたがね……。おさとに剣突を食らって懲りたのかと思っていたら、まあ、心も懲りもなく、今度はおつなだって？　おつなもおつなだよ！　嬉しげにそんなものを貰って……。えっ、まさか、あの男に妙な真似をされたんじゃないだろうね？」

「妙な真似って、そんな……。違うんです！　あたし、返そうと思ってたんです。けど、帰り際に手拭で巻いたこれを手渡され、一体何が入ってるんだろうと思って手拭を開いてみたら、これが入っていたんですよ……。今まで見たこともない綺麗な簪だったもんだから胸がどきどきしちゃって、返すにしても、一度だけ髷に挿してからでもいいんじゃないかと……。それで、挿したところを盥の水に映して見ようとしたんだけど、よく見えないもんだから、井戸の水なら映るんじゃないかと中を覗き込んだんですよ。そしたら、簪が外れて中に落っこちて……。あたし、どうしていいんだか判らなくて……。井戸浚えをするまで取り出せないのじゃ、返したくても返せない……。それからというもの、貞さんは来る度に意味深な視線を寄越すようになって……。あたし、出来るだけ視線を合わせないようにしたり、傍に寄らないようにしてたんです……。嘘じゃないんです。貰いたくて貰ったわけじゃないんですよ！　そりゃ、髷に挿してみようとしたあたしが悪かったのかもしれない……。けど、あたしだって女ごだもの、一度は銀の簪を挿してみたい……。ごめんなさい……。この次、あの男(ひと)が来たら突き返してやります」

おつなは前垂(まえだ)れで顔を覆(おお)った。

「解ったよ。もうなくのはお止し……。じゃ、改めて訊くが、おまえは貞吉って男をなんとも思っていないんだね？」

お葉がおつなを食い入るように瞠める。

「はい」

おつなが頷く。

「では、この簪はおはまから返させることにするよ。おはま、うちの女衆に二度と妙な真似をしないと約束させるのを忘れないでおくれよ。あたしから釘を刺してもいいが、これはおまえの役目だと思うのでね」

おはまが納得したとばかりに頷く。

「じゃ、もう下がっていいよ。ああ、おはまはここに残っておくれ」

おつなが肩を落とし、厨に下がって行く。

お葉は改まったように、おはまを見た。

「おまえ、どう思うかえ？」

「と言いますと?」

「いえね、おつなの言葉を信じないわけではないんだけど、おさとと靖吉さんの例があるだろう? おさとは青物を届けに来た靖吉さんと世間話や身の上話をしているうちに、いつしか心底尽くになっちまった……。あたしたちが気づいたときには、鰯(いわし)煮た鍋(にたなべ)(離れがたい関係)になっていたんだからね」

「ああ、それで、おつなと貞吉の間柄(あいだがら)が本当におつなの言うとおりなのかと……。いえ、案ずるには及びませんよ。おつながあの男と親(した)しげにしている姿を見たことがありませんからね。おつなも莫迦じゃないから、貞吉が実直(じっちょく)な男かどうかくらい解っていると思いますよ。誰があんなちょちょら(弁舌(べんぜつ)のたつお調子者)の言うことを信じましょうか! 大丈夫ですよ。あたしから銚子屋に苦情を言ってやりますんで……。貞吉をうちの担当から外せ、さもなきゃ、仕入れ先を替えるとでも言ってやりますよ」

おはまが委せておけと目まじする。

お葉は慌てた。

「そこまでしなくても……。貞吉が面皮(めんぴ)を欠くことになったらどうする?」

「いえ、そのくらいしてもいいんですよ! なんせ、あの男は見境(みさかい)がないんですからね……。聞いた話じゃ、あの男に言い寄られてその気になったお端女が、弄ばれたうえに捨てられて大川に身を投げたとか……。それだけじゃありませんよ。貞吉に頼まれ見世の金に手をつけ、暇を出されたお端女もいるといいますからね」

えっと、お葉が目をまじくじさせる。

「お待ちよ！　じゃ、貞吉は別の女ごを釣るために、すでにものにした女ごを手懐け、盗みを働かせてるってことなのかえ？」

「そういうこと！　ねっ、煮ても焼いても食えない狡っ辛い男でしょう？　しかも、銚子屋じゃ、貞吉の行状にまったく気づいていないというんだから、始末が悪い……」

「なんでさ！　なんで女ごのほうから苦情が出ないのさ……」

「そこが貞吉の上手いところでさ……。言葉巧みに女心を操り、女ごのほうが貢がずにはいられない状況に追い込んでいくといいますからね。と言っても、これは周囲の者の推測でしかないもんだから、誰も銚子屋に言いつけようとしない……。けど、あたしは許さない！　日々堂の女ごに手を出そうなんて、以ての外！　だから、この際、きっぱりとケリをつけてやりますよ」

おはまが憎体に言う。

「まっ、おつなが貰ったというのは本当のことだからね……。おまえが思うようにするといいよ。ところで、貞吉という男はそんなに雛男なのかえ？」

お葉がそう言うと、おはまは、なァんの！　と鼻で嗤った。

「風采の上がらない、凡々とした面差しをしていましてね」

「じゃ、どうして女ごが言いなりになるのさ」

「言葉、言葉ですよ！　とにかく、ちょぼくさと言葉巧みで、女ごも最初は疎ましく思っていても、いつの間にか、術中に嵌ってしまう……。おつなのことも、早いうちに気づいて良かったですよ。ああ、鶴亀鶴亀……」

おはまは大仰に身震いしてみせ、厨に下がって行った。


二日後、友七は憔悴しきった顔をして、浅草東仲町から戻って来た。

「で、どうだった？　お加代に逢えたのかえ？」

お葉がせっつくように訊ねると、友七は辛そうに眉根を寄せ、首を振った。

「それは、江戸一にお加代がいなかったってことでやすか？」

友造が不安の色も露わに、身を乗り出す。

「いや……。その前に、茶を一杯くんな。悲嘆のあまり、江戸一で出された茶に手をつけることが出来なかったもんでよ」

お葉が慌てて茶を淹れる。

「…………」

「…………」

友造も正蔵も、息を殺してお葉の仕種を瞠めていた。

友七の話を一刻も早く聞きたいのであろう。

「さっ、どうぞ」

お葉が猫板の上に湯呑を置くと、友七は喉を鳴らし茶を飲み干した。

余程、喉がからついていたようである。

友七は手の甲で口を拭うと、それがよ……、と徐に話し始めた。

「お加代は、二年前に死んだのだとよ……」

あっと、全員が息を呑んだ。

「死んだって、それは一体どうして……」

「病で死んだのかえ？　それとも……」

「まさか、殺められたってことじゃねえんでしょ?」

友造、お葉、正蔵の三人が口々に言う。

「まあ、待ちな。順序だって話すからよ……。五年前、お加代は江戸一の主人草平衛の手懸となり、浅草田圃の中にある元吉町に妾宅を構えた……。ところが、草平衛という男は忙しい男でよ。お加代にお端女を一人つけただけで、滅多に元吉町を訪ねることがなかったそうな……。草平衛はお加代のことが気にならなかったわけではねえんだが、元々、商い一筋できた男で、常並な大店の主人のように手懸を囲うことを矜持としていたわけではなく、路頭に迷うことになった伏見屋を憐れに思い、せめて二十両をくれてやるつもりで金を差し出したんだが、他人からお情けをかけられるのを嫌う伏見屋の気質を知っていた草平衛は、胡蝶を二十両で譲り受けたい、と申し出たそうな……。それなら、伏見屋がただ金を貰ったことにはならないからよ。伏見屋はそれでも迷っていたそうな……。そりゃそうよのっ。胡蝶は恋い焦がれて身請した女ごだからよ……。ところが、胡蝶、いや、お加代のほうから言い出したんだとよ。旦那さま、二十両でもう一度やり直して下さい、あたしはこれまで旦那さまからどれだけの幸せを貰ったことでしょう、あたしが絵草紙屋の旦那に引き取られることで旦那さまの役に立てるのであれば、これほどの悦びはありませんと……。お加代は畳に頭を擦りつけて、そう哀願したそうな……。その姿を見て、草平衛は胸を打たれたというのよ。それで、この女ごは伏見屋からの預かり者……、と思うことにしたんだとよ。草平衛も伏見屋がこのまま終わる男ではないと信じていたらしくてよ。いずれ、小体な見世でも出すのではなかろうか、そのときまで胡蝶を大切に預かっておこうと思ったそうで、それで、元吉町の寮にお加代を住まわせた……。すべて、伏見屋とお加代のことを思ってしたことなのよ」

友七はそこで言葉を切ると、ふうと溜息を吐いた。

おそらく、これから話すことはもっと言いづらいことのようである。

友七はひと呼吸置くと、意を決したように話し始めた。

「それがよ、お加代の傍についたお端女というのが五十路半ばの婆さんでよ。おまけに耳が遠い……。炊事、洗濯とすることはするんだが、まるきり話し相手にはならねえ……。次第に、お加代は塞ぎ込むようになったらしくてよ。別に表を出歩くことを止められていたわけでもねえのに、寮から一歩も外に出ようとしねえばかりか、食も進まなくなり、時折、東仲町の見世にお加代の様子を知らせに来る婆さんの話では、すっかり窶れ果てて顔色も悪いというじゃねえか……。草平衛が慌てて医者を呼んだときには、もう手後れでよ。お加代は気の方（気鬱）に陥っていたばかりか、労咳に罹(かか)っていたとか……。草平衛は慚愧(ざんき)の念に堪えられなかったそうでよ……。こんなことになるのなら、もっと足繁(あししげ)く元吉町を訪ね、話し相手になってやればよかったと……。だが、何もかもが後の祭で、お加代は二年前(めえ)、萱草(かんぞう)の花が咲き乱れる頃、ひっそりと息絶(た)えたとか……」

友造がワッと大声を上げ、畳に突っ伏す。

「そんなことって……。そんなことって……。お加代、なんで俺が捜し出すまで待っててくれなかったんだよォ！」

友造は畳を叩きながら、喚(わめ)き続けた。

正蔵が友造の肩に手を置く。

「辛(つれ)ェよな。酷(むご)すぎるよな……。ああ、泣けよ。泣いていいんだ、泣きてェだけ泣くがいい」

友造の泣き声に、おはまとおちょうが厨から飛び込んでくる。

「友造、おまえ……」

「友さん……」

二人はそれ以上は言葉にならず、立ち竦んだ。

どうやら、聞かずとも、何があったのか悟(さと)ったようである。

「おちょう、友造の傍に寄って、手を握っておやり」

お葉がおちょうを促す。

「友さん……」

おちょうが友造の手を握り締める。

友造は辛そうに首を振った。

「済まねえ……。現在は泣かせてくんな……」

「解ってる、解ってるからさ……」

おちょうの目にも涙が盛り上がった。

お葉は前垂れで目頭を拭うと、友七に目を据えた。

「二年前の今時分、お加代が亡くなったと言ったよね？」

「ああ、盂蘭盆会の頃と言ってたっけ……」

「伏見屋の旦那が胸を患い病の床に就いたのも、二年前……。ねっ、やけに符帳が合ってると思わないかえ？」

「と言うと？」

正蔵が訝しそうな顔をする。

「親分の話を聞いて思ったんだが、二十両で江戸一の旦那に身売りすると言い出したのは、お加代……。お加代は伏見屋の旦那に立ち直ってほしかったのだろうし、伏見屋の旦那も、内心ではお加代と離れたくなかったはずだ……。だが、もう一度見世を立て直し、その暁には、お加代を連れ戻せばよいと思い、泣く泣く江戸一にお加代を託した……。そして、江戸一はそんな二人の気持に気づき、お加代を手懸にするのではなく、預かり者として大切に扱ったというじゃないか……。ところが、お加代は気の方に陥ったばかりか、胸を病み死んでった……。つまり、江戸一が良かれと思ってしたことが裏目に出たわけなんだけど、お加代が死んだ頃、まるで計ったかのように、伏見屋も胸の病に……。しかも、どう見ても、伏見屋はもうあまり永くはない……。ねっ、これはどういうことだと思うかえ?」

「…………」

「…………」

どうやら、お葉の言おうとしていることが誰にも解らないようである。

お葉は焦れったそうに、もう！　なんで解らないのかえ……、と皆を見廻した。

「お加代は伏見屋と引き離されても、想いは常に伏見屋の旦那にあったのさ……。と言うのは、てっきり、江戸一の手懸にされると覚悟していたのに、江戸一が指一本触とれようとしない。それで、お加代はますます伏見屋が恋しくて堪らなくなった……。そして次第に気が塞ぐようになったお加代は、この世で恋しい男に添えないのなら、いっそのやけ、あの世で……。ねっ、お加代がそう思ったとしても不思議はないだろう？　そして、お加代のその想いは伏見屋に伝わった……。だから、周囲から医者に診せるようにといくら勧められても、伏見屋が頑として受け入れようとしなかったのじゃなかろうか……。だって、伏見屋はお加代が死んだことを知っちゃいないんだよ？　それなのに伏見屋が死に急いでいるということは、どこかであの二人の心が繋がっているとしか思えない……」

お葉がそう言うと、おはまが気味悪そうな顔をする。

「じゃ、女将さんはお加代さんが伏見屋を呼んでいると？　嫌だ、気色悪い……」

「いや、お葉の言うとおりかもしれねえ……。実はよ、江戸一から話を聞いた後、元吉町の寮に案内されてよ。お加代が暮らした場所を見たいかと訊かれたもんだから、お加代はどんな想いで隠遁していたのか知りてェと思い、ついて行ったのよ……。するてェと、まるで茶室を想わせる侘びた数寄屋でよ……。庭に野の花が咲き乱れているのよ。藪萱草、夾竹桃……。俺ャ、花の名前に疎えもんだから他の花は知らねえが、とにかく七、八種類は咲いてたかな？　そしたら、草平衛が言うのよ。胡蝶が亡くなった頃も、庭はこんな感じでしたと……。それを聞いて、ふっと、伏見屋が病に臥していた寺嶋村の百姓家を思い出してよ。お葉、友造、憶(おぼ)えてねえか？　伏見屋が臥していたあの納屋の周囲(まわり)に、藪萱草の花が咲いていたのを……」

ああ……、とお葉も橙赤色(とうせきしょく)の花を思い出す。

藪萱草はどこにでもある草花で別に珍しくもないのだが、お加代が病臥した寮の庭と康右衛門が臥す納屋の周囲(まわり)に、まるで申し合わせたように植わっているとは……。

「ええ、生えてやした！　えっ、あれが藪萱草なんで？」

友造が驚いたといった顔をする。

「なっ？　偶然だと片づけてしまえばそれまでだが、お葉の話を聞いて、俺もお加代と伏見屋は離れていても、心は繋がってたんじゃねえかと思えてきてよ……。だって、そうだろう？　伏見屋はお加代が死んだのを実際には知っちゃいねえ……。江戸一では、お加代が死んだことを知らせたく思ったんだろうが、何しろ、伏見屋の居場所が判らねえ……。俺が伏見屋は寺嶋村の百姓家の納屋で臥していると言うと、草平衛が驚いてたからよ……。何故そこまで身を落としてしまったのだろうか、自分のしたことは役に立たなかったのですね、と肩を落としてたぜ。だから、伏見屋はお加代の死を知っちゃいねえ……。それなのに、伏見屋は何もかもを悟ったかのような顔をして、お迎えが来るのを待ってるんだからよ。やっぱ、これはお加代が伏見屋を呼んでいるってことじゃなかろうか……。なっ、そうは思わねえか?」

友七が皆の顔を窺う。

「そうかもしれないね。あたしも女将さんと親分の話を聞いて、どこかしらそんな気がしてきたよ……」

おはまが頷く。

すると、友造がぽつりと呟いた。

「けど、俺には今ひとつ解らねえ……。お加代はあれで幸せだったのだろうか……」

「…………」

「…………」

誰も答えられない。

「俺には、お加代が不憫で堪らねえ……。幼ねえ頃に親父の手で女衒に売られて、伏見屋の旦那に巡り逢うまでは何人もの男の手で揉まれ、やっと、相思の仲となった男に巡り逢えたと思うと、今度はその男を助けるために別の男へと……。そりゃ、江戸一の旦那はお加代のことを大切に扱ってくれたかもしれねえ。けど、どんなに寂しかったことか……。だから、気の方に陥り、胸を病んで朽ちていったんだから、俺にはどうしてもお加代が幸せだったとは思えねえ！」

「友さん……」

おちょうが友造の手を握り直す。

「違うの！　お加代さんはね、本気で伏見屋の旦那に惚れてたんだよ。だから、愛しい男のために身を挺してもよいと思ったんだろうし、離れていても、愛しく思える男がいることを幸せに感じてたはず……。あたしには解る！　あたしだって、友さんのためならなんだってする……」

「おちょう、おめえ……」

友造がおちょうを瞠める。

「友造、おちょうの言うとおりだ……。女ごは、ううん、男もそうなのかもしれないが、惚れられるより惚れるほうが幸せなんだよ。無論、相思の仲が一番いいんだけどね。だから、あたしたちはお加代が幸せだったと思おうじゃないか……。萱草の花の別名を忘憂草というのを知ってるかえ？」

いやっ……、と友造が目を瞬く。

「漢名である萱には忘れるって意味があってね。憂いを忘れるという漢の言い伝えから、忘憂草というんだよ。憂いを忘れる……。お加代は気の方に陥ったかもしれないが、心の底では憂いを忘れたいと思っていたんだよ……。それに、束(つか)の間であれ、伏見屋との暮らしが持てたんだ！　このあたしも甚三郎と暮らしたのは束の間だったが、その束の間があるからこそ、現在(いま)も甚三郎のことが忘れられないし、一緒にいなくても幸せだと感じることが出来るんだからさ……」

「忘憂草か……。いい名だな」

正蔵がしみじみとした口調(くちょう)で言う。

すると、友七が思い出したように大声を出した。

「おう、そうよ！　江戸一の旦那に聞いたんだが、お加代、現在(いま)どこに眠っていると思う？」

「まさか、元吉町の寮の庭っていうんじゃないだろうね？」

お葉がそう言うと、友七はにやりと笑った。

「その、まさかでよ……。旦那が言ってたぜ。埋葬するに当たって、どこの寺にと迷ったのだが、まさか浄閑寺(じょうかんじ)や西方寺(さいほうじ)の投込塚(なげこみづか)というわけにもいかねえし、胡蝶の世話をすることになったのも宿世(すくせ)の縁と思い、寮の庭に埋(う)めることにしたと……。藪萱草の生えている場所から少し離れたところに、このくれェの小さな地蔵(じぞう)が置かれていてよ。そこでお加代は眠っているというのよ……。それで思うんだが、友造、おちょうを連れて寮を訪ねてみねえか？　江戸一には俺から話をつけておいてやるからよ」

「ああ、それがいい！　お加代におちょうを逢わせてきな。そうして、思いの丈を吐き出すんだよ……。そうすりゃ、すっきりした気分で祝言を挙げることが出来るってもんでさ！」

お葉が友造とおちょうに目まじする。

「女将さんはご一緒なさらねえんで？」

正蔵が信じられないといった顔をする。

「あたしが一緒に行ってどうすんのさ！　ここは二人に委せておくべきだ……。それにね、あたしにはやることが残っているもんでね」

「やることって……」

正蔵が訝しそうな顔をすると、友七がポンと膝を打つ。

「そっか、寺嶋村を訪ねるんだな？　おっ、お葉、そっちは俺も付き合わせてもらわァ……。伏見屋にお加代が死んだことを伝えてやらなきゃならねえからよ。奴にとっちゃ、それが引導を渡すことになるかもしれねえが、それも宿命……。むしろ、伏見屋はそうしてもらうことを望んでいるのかもしれねえからよ……」

「そうなんだよ。あたしもこのまま伏見屋には知らせないほうがよいのではと思ったが、やっぱり、本当のことを知っておいたほうがよいと思ってさ……」

お葉と友七が顔を見合わせる。

その顔にはありありと、康右衛門が死んだら、今度こそ、二人を添わせてやってもよいのでは、と……。

が、これはまだ、お葉と友七だけの秘密である。

第一、江戸一がなんと言うか……。

それより何より、康右衛門はまだ亡くなったわけではないのである。

いずれにしても、お葉と友七、友造とおちょうの二組は、明日、別々の場所で忘憂草の花を見ることになるだろう。

忘憂草……。

お葉の眼窩を、ゆるゆると橙赤色の花が過ぎっていった。

雁（かり）が音（ね）

「おとっつァん、今宵の最後の曲、そう、雁が音……。あれって、深川に戻って来た最初の晩に吹いてくれた曲だよね? おとっつァんが島で作ったという曲……。ねっ、そうだよね?」

かすみ亭からの帰り道、伊佐治の手を引くみすずがそう言うと、伊佐治は照れ臭そうに頬を弛めた。

「地方には悪イことをしちまったが、あれは三味線や太鼓には合わせられねえもんでよ……」

「この前聴いたときにも思ったんだけど、あれは島にいたときのおとっつァんの心情なんだよね?」

「ああ、感傷に耽り、つい、あんな曲を作っちまった……。八丈島に遠島となり、手慰みに篠笛を始めてしばらくした頃に、列を組んで北から渡って来る雁渡りを眺めていたら、あいつら、春になればまた戻って行くんだなと無性に羨ましくなってよ……。俺には空を飛ぶことは出来ねえが、せめて、波に乗っておめえやおっかさんのいる江戸に戻りてェと堪らなくなって……。ふっと気づくと、いつしかこの旋律を奏でていたのよ。まっ、言ってみれば俺の郷愁、人恋しさから生まれた曲……。それからというもの、おめえたちのことを想う度に、この曲を奏でていた……。目が見えなくなってからは余計こそ、脳裡に焼きつけられたみすずの顔を思い起こしながら、この曲を吹いたもんだぜ……」

「そうだったんだ……。あたし、お座敷の隅に坐って聴きながら、涙が出そうになって堪えるのが大変だったんだよ……。あたしだけじゃないよ！　三味線や太鼓と合わせていたときには酒を飲んだり雑談をしていた客が、全員、おとっつァんの笛に聴き惚れてたばかりか、芸者衆の中には涙ぐむ女もいたほどなんだからね……。あの曲にはおとっつァんの想いや魂が籠められてたんだね」

「そうけえ……、客や芸者衆が……。突然、出し物を替えたと叱られるかと思っていたが、なら、安心だ……」

伊佐治が地面をコツコツと杖で叩きながら、安堵したように言う。

「じゃ、やっぱり、あれを吹いたのはおとっつァんの思いつきだったんだ……。あたし、おとっつァんが三味線の綾香姐さんに何か囁き、そしたら、姐さんが隣の太鼓に目まじして座敷から出ていったのを見て、一体何が起きたのかとどぎまぎしたんだよ……。けど、姐さんたちが別に怒っているふうでもなかったんで、じゃ、前もって、打ち合わせしてあったのかと思い直したんだけど、まさか、突然思いついたなんて……。けど、よく姐さんたちが納得してくれたよね」

「ああ、俺もあんなにすんなり了解してくれるとは思っていなかったもんだから、驚いちまったよ」

「じゃ、これからも、時々、あの曲を吹くんだね？」

「客の顔ぶれにもよるけどな……。今宵は吉田屋の旦那とそのお連れと聞き、旦那なら俺の我儘を許して下さるのじゃねえかと思ってよ……」

「吉田屋の旦那さんは粋方（粋人）だもんね。それに、おっかさんとは旧知の仲……。おとっつァんのすることに難癖をつけないと解ってたもんね！　ねっ、雁が音のほかにも、おとっつァんが作った曲ってあるの？」

「ああ、親子鳥って曲がある……。これは、浜辺で戯れる磯千鳥の姿を見て、おまえとおっかさんの姿を思い描いて作った曲なんだ……」

「みすず、それも聴きたい！」

「ああ、いつかな」

「いつかって、いつ？」

「そいつァ判らねえ……。そうそう手前勝手が許されるはずがねえからよ」

「じゃ、日々堂の女将さんから見番に頼んでもらったらどうかしら？　あたし、千草の花に戻ったら、おっかさんに話してみるよ……。きっと、おっかさんだってそうしたほうがいいと言うに決まってる！」

　みすずが興奮したように言う。

　視力を失ったみすずの父親伊佐治がご赦免となり、八丈島から戻って来て四月が経つ。

　永代橋まで迎えに出たお葉、友七、みすずの三人は、伊佐治が役人に片腕を預け、もう片方の手で前面を探るようにしてそろりそろりと脚を前にと運ぶ姿を見て、あっと息を呑んだ。

　まさか、目が見えないのでは……。

　お葉はみすずを引き寄せ、耳許に囁いた。

「みすず、いいね、解っているね？　何があろうとも、おとっつァんを温かく迎えてやろうね」

みすずにも状況が把握できたのか、瞬く間に目に涙を湛えると、うんうん、と頷いた。

「おとっつァん！」

伊佐治はみすずの声に気づくと、はっと四囲に視線を彷徨わせた。

が、みすずがすぐ傍にいるのに気がつかない。

みすずはお葉の手を振り解くと、伊佐治の腰にしがみついた。

「おとっつァん、みすずだよ！　おとっつァん……」

「みすず……、みすずか！　おお……」

伊佐治は腰を屈め、みすずの頬に手を伸ばした。

「みすず、おう、おめえは確かにみすず……。おとっつァんはよォ、おとっつァんはよォ……」

伊佐治はそう言いながら、みすずの顔を指でなぞった。

「いいんだ、おとっつァん、もう何も言わなくても……。おとっつァんはおとっつァんなんだから……」

おとっつァんはおとっつァんなんだから……。

みすずの言葉は、お葉の言葉でもあった。

そうだよ、みすず！

それでいいんだ。何があろうとも、皆で支え合っていくんだからさ……。

そうして現在、伊佐治は文哉の養女となったみすずと一緒に、千草の花で暮らしているのである。

伊佐治は完全に失明していた。

なんでも聞くと、流人同士の喧嘩で頭を強打されたのだという。

伊佐治から話を聞いた文哉は、お葉にこう話した。

「伊佐治さんが言うのさ。目が見えなくなって自棄無茶になっていたところにご赦免の知らせを受けたものだから、こんな身体になって娑婆で生きていけるわけがないと、お役人にご赦免の辞退を申し出たんだってさ……。ところが、聞き入れてもらえなかった。お役人にしてみれば、厄介払いをしたかったんだろうさ……。目の見えない流人を島に置いていても労役を課すわけにいかないからね。伊佐治さんは島では要らない人間なのだと思い知らされ、いっそ海に飛び込んでしまおうかと思ったそうでさ……。けれども、目が見えないばかりに、それすら出来ない。それで、渋々戻って来たんだが、そんな遣り切れない想いでいるときに、おとっつァん、とみすずの声が耳に飛び込んできて、思わず身体が顫えたというじゃないか……。ああ、俺にはみすずがいる、姿は見えねえがちゃんと声は聞こえるし、触れば肌で感じることも出来る……。そう思ったとき、自分は生きている、いや、生かされてる、と身を以て知ったそうでさ。その後、みすずからおっかさんが自ら果てていったことを聞くことになり、そのとき再び、伊佐治さんは頭を強かに打たれたように思ったというのさ。みすずが母親にあんな死に方をさせてしまったことをここまで悔いているとは……。もう二度とみすずに後悔をさせちゃならねえ、そのためにも、毅然として生きていく姿勢を見せてやらなきゃならない、それが自分に課せられた使命なのだと……。そんなふうに、伊佐治さんはみすずのために強く生きなきゃと思ったそうでさ……」

そして文哉は、伊佐治が添島立軒の診察を受けた後に、お葉にこう言った。

「添島さまに視力の恢復は望めないと言われたときの伊佐治さんの顔を見せたかったよ。あたしさァ、もっと落胆するかと思っていたんだが、存外にさばさばとした顔をしていてさ……。これで腹が決まりやした、これからは盲人として前向きに生きていきてェと思いやすと言ってさ……」

そして、こうも言った。

「お陰で、あたしの腹も据わってさ！　先には、みすずがあたしの義娘になったんだから、伊佐治さんには伊佐治さんの道を歩んでいってもらいたいと思っていたけど、現在はもう違う……。このままずっとうちにいてもらってもいいと思うようになってさ」

お葉は驚いたように文哉を見た。

「何さ、その顔は……。おまえさんがあたしの立場でも、きっとそうしたと思うよ。違うかえ?」

お葉は慌てて首を振った。

「違やしない……。ああ、きっと、あたしもそうしただろうね。目の見えない伊佐治さんを一人で追い出すわけにはいかないもの……。それに、みすずがおとっつァんを放っておくわけがない!」

「そうなんだよ。あたし、思ったよ。みすずを養女にしようと思ったときに、すでにこうなる宿命にあったんだって……。よし乃屋の旦那と別れてからのあたしは、抜け殻みたいなものでね。ただただ負けてなるもんかと肩肘を張って生きてきたのだが、支えたり支えられたりする者のいない寂しさから免れなかった……。それが、みすずを養女にすることで、あたしは生き甲斐を貰えてね。そして、今度は伊佐治さん……。人別帳には住み込みの使用人として記すつもりだよ。みすずもよく解ってくれてね。人前では、おとっつァんと呼ばずに、伊佐治さんと呼ぶと言ってね……。それにね、あたし、驚いちまってさ！　伊佐治さんね、篠笛が上手いんだよ。なんでも、島に渡ってから覚えたそうなんだけど、これが素人芸ではなくってさ……。そこで考えたんだけど、お座敷で披露させるってわけにはいかないだろうか？」

「お座敷って……。えっ、芸として披露するってことかえ？」

お葉は目をまじくじさせた。

お座敷芸として三味線や鼓、太鼓、笛が披露されることはあるが、大概がほかの楽器との協奏で、篠笛だけというのはこれまで聞いたことがない。

「篠笛だけでは寂しいし、どうしてもお囃子を連想してしまうというのなら、琴や三味線に合わせて、長唄、端唄を奏でるって手もあるし、そこで、お葉さんに頼みなんだが、見番に話をつけてもらえないかと思ってさ……」

　文哉の言葉に、お葉も納得した。

　友七が言うように伊佐治を座頭の道に進ませる手もあるにはあるのだが、篠笛が上手いというのであれば、ここは深川、地の利を生かさない手はないだろう。

　そこで、お葉が見番に掛け合うことになったのである。

　見番では、お葉の頼みを快く承諾してくれた。

が、問題は、伊佐治一人でお座敷を廻れるかどうか……。

伊佐治は千草の花に来たばかりの頃は厠に行くにもみすずの手を借りなければならなかったが、瞬く間に母屋の間取りを覚え、現在では、みすずがいなくてもほとんどのことを手探りで熟せるようになっているが、表に出るとそうはいかない。

やはり、誰かが伊佐治の道案内を務めなければならないだろう。

が、その件について、みすずはきっぱりと言い切った。

「あたしが付き添います。おとっつァんをお呼びのかかった料理屋まで連れて行き、お座敷の中まで導くと、演奏が終わるまで廊下で待っています」

「みすずが付き添うって……」

「一度や二度っていうのじゃなく、これからずっと、おとっつァんの目となるってことなのかえ?」

文哉もお葉も慌てた。

「みすず、そりゃいけねえ! そんなことをしたんじゃ、俺がおめえの人生を奪っちまうことになる……」

伊佐治も首を振った。

「違う! おとっつァんはあたしを犠牲にならせちゃならないと思ってるんだろうけど、犠牲っていうのは、あたしに何かしたいことがあるのにおとっつァんのために諦めるってことだけど、あたし、他にしたいことなんてない！　もちろん、先々はおっかさんのあとを継いで千草の花を護っていくつもりだよ。けど、現在はおとっつァんの手脚となりたいんだ……。あたし、おとっつァんの篠笛を聴いて、胸が顫えた……。こんなに他人を感動させる音色が奏でられるなんてと涙が出たの。そして、誇りに思った……。島での暮らしは辛かっただろうし、目が見えなくなってからは生きることにも絶望しただろうに、それでも、おとっつァんは生きてあたしの許に戻って来てくれた……。それが、あたしにとってどんなに救いになったか……。おとっつァんがおっかさんのように自ら死を選んだとしたら、あたしは二度と立ち直れないほどに打ちのめされたと思うの。おとっつァん、正直に言います。あたし、おとっつァんの目が見えないと知らなかったものだから、戻って来ると聞き、戸惑ったの……。もう二度と逢えないと思っていたから千草の花の養女になったのに、今さら何故って気持が大きくて、もしかすると、迷惑に思っていたかもしれない……。けど、永代橋でおとっつァんの姿を見たとき、あたし、強かに頬を打たれたように思って……。ああ、よくぞ生きていてくれた、どんな姿であろうと構わない、生きてあたしの許に戻って来てくれたんだって……。不思議なんだけど、あたし、おとっつァんに勇気を貰えたように思ってさ……」

みすずはそう言うと、伊佐治の傍まで躙り寄り、手を握った。

「あたしね、おとっつァん……。おとっつァんの笛の音色を聴いて確信したの。この前聴かせてくれた曲はおとっつァんが作った曲なんだね？　胸が揺さぶられるような、哀しい曲だったのでなんの曲なのかおっかさんに訊ねたの。そしたら、たぶん、島で作った曲なんだろう、伊佐治さんのそのときの想いが籠もっているんだよって、おっかさんはそう言っていた……。あんな素晴らしい曲が作れるんだもの、おとっつァんにはまだすることが残っていたんだよ！　だから、あたしがおとっつァんに手を貸さないでどうするのさ。後生一生のお願いです。おとっつァん、あたしに助けさせて下さい……」

そんなふうにして、伊佐治が一人で動けるようになるまで、みすずが付き添うことになったのである。

あれから四月……。

伊佐治は瞬く間に盲目の篠笛吹きとして引っ張りだことなり、介添人のみすずもすっかり人気者に……。

何しろ、みすずは十七歳と初々しく、甲斐甲斐しく父親の世話をする姿に誰もが胸を打たれるのか、どこに行っても、みすずちゃん、孝行者だね、偉いじゃないか、と優しい言葉をかけられ、祝儀の他に駄賃まで握らせてくれるのだった。

しかも、現在では、廊下ではなくお座敷の隅に坐ることも許されている。

「さあ、次は門前町の濱本だよ。あそこでも雁が音を吹くつもりなの？」

みすずがそう訊ねると、伊佐治は慌てて首を振った。

「まさか……」

「そうなんだ……。そうだよね。かすみ亭のようにはいかないもんね。ほら、一の鳥居が見えてきたよ！」

と、そのときである。

前方から歩いてきた女ごが、みすずに手を引かれた伊佐治の顔を見て、幽霊でも見たかのように色を失った。

歳の頃は二十代半ばであろうか……。

商家の内儀といった風体で、腕に活け花用の花束を抱えているところをみると、稽古の帰りなのであろうか……。

女ごは信じられないといった顔をして伊佐治を瞠め、つと、みすずに視線を移した。

みすずは首を傾げた。

どう見ても、見覚えのない顔である。

では、おとっつァんの知り合いなのだろうか……。

だが、目の見えない伊佐治に、あの女ごを知っているか、と訊ねるわけにはいかない。

いいさ、あたしたちに用があるのなら、向こうから声をかけてくるだろうから……。

みすずは平然とした顔をして、女ごと通りすがった。

が、背中に痛いほどの視線を感じる。

「みすず、どうしてェ……」

伊佐治がみすずの動揺に気づき、声をかけてくる。

「ううん、なんでもないんだよ。さっ、もう少しだからね！」

みすずはあっけらかんとした口調で答えた。

その頃、日々堂の茶の間では、九月に迫った友造とおちょうの祝言の打ち合わせが行われていた。

「じゃ、日取りは重陽（九月九日）、富岡八幡宮でってことで、仲人が友七親分とお文さん……。ねっ、親分、それでいいんだね？」

お葉が友七の顔を覗き込む。

「ああ、お文の奴、張り切ってるぜ。何しろ、この歳になるまで媒酌人を務めたことがねえもんだからよ……」

「親分がこれまで媒酌をしたことがねえとは、信じられねえような話だが、そんなもんでやすかね？」

正蔵が訝しそうな顔をする。

「お文が言うのよ……。おまえさんが悪いんだ、厳つい顔をして、いつも他人の腹を探ってばかりいるから皆から懼れられるんだと……。ヘン、てんごう言うのも大概にしてもらいてェや！　俺が目を光らせているから、この界隈の平穏が保たれてるっていうのによ！」

友七が忌々しそうに言う。

「あら、あたしだって仲人をしたことがないよ。別にしたいとも思わないけどさ」

お葉がそう言うと、おはまが割って入る。

「ごめんなさいよ。本来ならば、女将さんに頼まなきゃならなかったのに……」

「何言ってるんだよ！　亭主が生きているっていうのならともかく、現在のあたしは独り身だからさ。それに、おまえたちは親分やお文さんにさんざっぱら世話になってきたんだもの、親分に頼むのが筋ってもんでさ……」

「えっ、てこたァ、お美濃が婿を取るとき、おめえは媒酌人になれねえってことか？　おいおい参ったぜ、俺ャ、すっかりその気だったのによ……」

友七がそう言うと、おはまが目をまじくじさせる。

「えっ、お美濃ちゃん、縁談が纏まったんで？」

お葉がぷっと噴き出す。

「纏まるもんか！　口ではあんなことを言ってるが、親分にはまだその気がないんだからさ……。この間から、お文さんの身体のことを考えて早く決めたほうがいいよって、あたしが口が酸っぱくなるほど言ってるのに、親分たら、ああ、そのうちにな、と素っ気ないんだからさ！」

「何言ってやがる！　お美濃はまだ二十一だ。焦ることァねえ」

「おちょうは二十三だが、これでも嫁に行くのは遅いほうなんだからね」

「それなら、お美濃にはまだ二年も猶予があらァ！　ところで、今、おめえはおちょうが嫁に行くと言ったが、じゃ、友造を婿に貰うのじゃなくて、嫁に出すんだな?」

「どっちでも同じだよ……。どちらも継がなきゃならない家名があるわけじゃなく、継ぐとしたら、正蔵の後を継いで日々堂の宰領（大番頭格）になることくらい……。住まいだって、蛤町の日々堂が借りた仕舞た屋だからね」

「おう、あの二階家か……。現在は戸田さまや友造の他に男衆が何人か入っているが、おちょうたちがそこで所帯を持つとなったら、部屋割りをどうするつもりなのかよ?」

友七が継煙管に甲州（煙草）を詰めながら、お葉を窺う。

「あそこは一階に六畳間が二つと四畳半に厨があって、二階が六畳と三畳になっているからね。現在は戸田さまが二階を使っているが一階の六畳間に移ってもらい、もう一つの六畳間に六助と与一、四畳半に佐之助が入れば、二階の二間を友造とおちょうが使えるだろう? そうして上と下に別れていれば、どちらも気を遣わずに済むってもんでさ!」

お葉の言葉を受け、おはまが続ける。

「どっちにしたって、寝るだけですからね。目が醒めれば全員が日々堂に移ってきて、仕事をするのもお飯を食べるのもここ……。これまでとちっとも変わりはしないんだからさ！　変わるとしたら、あたしたちの裏店からおちょうがいなくなるだけのことだけど、それも夜分のことで、日中はずっとここで鼻を突き合わせてなきゃならないんだからね……」

「言われてみると、そりゃそうよのっ……。てこたァ、お美濃に婿取りをしてもさして変わらねえってことか……」

「これだよ……。呆れ返ってものも言えない！　一体、あたしが何遍同じことを言ったと思うかえ？」

お葉に睨めつけられ、友七がへへっと照れ笑いをする。

が、突然思い出したかのように友造に目を据えた。

「そりゃそうと、おめえらが浅草に行ったときのことをまだ聞いてなかったが……。で、どうだった？　お加代の墓に詣ったんだろうな？」

友造とおちょうは顔を見合わせた。

「ええ、ちゃんと詣って、もっと早く捜し出してやれなかったことを詫び、おちょうと所帯を持つことを伝えてきやした」

「それがさァ、元吉町の寮っていうのが閑静な茶室を思わせる、侘びた数寄屋でさ……。親分が言っていたように、庭には野の花が咲き乱れていたわ。案内してくれた江戸一の主人が言うには、敢えてこの庭には手を入れないのだとか……。なんでも、胡蝶、いえ、お加代さんが自然な庭を好んだからだとかで、極力そのままにしておきたいのですって……。そう、藪萱草の花も咲いてたわ。あたし、ああ、これが忘憂草なのかと思うと、思わず泣けてきちゃって……。小さなお地蔵さんが忘憂草の中に埋まるようにして立っていてね。友さんね、お地蔵さんの前で手を合わせ、それはそれは長いこと祈ってた……。あたし、その姿に胸を打たれたのと同時に、これまで友さんが胸に抱えていた哀しみが解ったような気がして……」

おちょうがしみじみとした口調で言う。

「あっしはつくづく親父を恨みやした……。お加代をこんな目に遭わせたのはあの男だと……。そしたらおちょうが、おとっつァんを恨んでもお加代さんは二度と戻って来ないのだから恨んじゃならない、それより、お加代さんの分まで幸せになってやることだ、きっとお加代さんもそれを望んでいるだろうから、と言ってくれやしてね……。それで、あっしの気持もいくらか晴れやした。不思議と、あの庭に佇んでいると気分が安まるような気がして……。お加代がそうさせてくれてるんだなと思いやした……」

「そうけえ……。それで、おちょうと祝言を挙げる踏ん切りがついたというんだな?

俺たちのほうも寺嶋村の百姓家を訪ね、伏見屋にお加代が亡くなっていたことを伝えた……。ところがよ、もっと驚くかと思っていたのに、伏見屋がまるで何もかも解っていたかのように頷き、そうでしたか、ご足労をかけやした、とひと言呟いたきりだったのにはびっくらこいたぜ……。思うに、虫の知らせとでもいおうか、あの男にはお加代がもうこの世にいねえことが解っていたのだと……」

友七がそう言うと、お葉が割って入る。

「解ってたんだよ！　解っていたに違いない……。だって、それから一廻り（一週間）ほどして、定斎屋の東次って男が訪ねて来て、康右衛門さんが亡くなったと知らせてくれたんだからね」

「結句、俺があの男に引導を渡したようなもんでよ……。あいつ、厠に行こうとしたのか、納屋を出たところで倒れていたそうでよ。まるで、忘憂草を寝床にしたみてェに安らかな顔をして息絶えてたというじゃねえか……」

えっと、友造とおちょうが顔を見合わせる。

「その話は今初めて聞きやしたが……」

「ああ、祝言を控えたおめえたちには言うな、と俺がお葉に口止めしておいたのよ」

「じゃ、おとっつァんやおっかさんは知っていて、あたしたちには内緒にしていたというの？」

おちょうが恨めしそうにおはまを見る。

「ごめんよ。あたしは友さんにだけは言ってもいいかと思ってたんだが、この男が言うなと止めるもんだから……」

「それで、伏見屋はどうなったのさ。だって、あの男、身寄りがないんだろ？」

「ああ、百姓家では自分ちの庭に埋めると言ったそうなんだけど、定斎屋からその話を聞いて、あたしがすぐさま浅草東仲町の江戸一に知らせるようにと言ったのさ……。百姓家のほうには康右衛門さんを荼毘に付してくれと金を託けてね。そうしておけば、江戸一が康右衛門さんの遺骨をお加代の隣に埋めてくれるのじゃないかと思ってさ……」

お葉はそう言うと、深々と息を吐いた。

江戸一の旦那なら、きっとお葉の想いを解ってくれ、そうしてくれると信じていたのである。

「じゃ、伏見屋の旦那は現在元吉町に？」

「ああ、やっとお加代は恋しい旦那と……」

友造の目に涙が盛り上がる。

「友さん、祝言を挙げる前に、もう一度、あの寮を訪ねてみようよ！」

おちょうが友造の目を瞠める。

「ああ、そうしよう。この目で、二人が一緒のところを確かめてこようぜ……。女将さん、宰領、そうさせてもらってもいいでしょうか」

お葉は目に涙を湛え、頷いた。

「ああ、いいともさ！　心置きなく二人の冥福を祈ってくるといいよ。本当はあたしも行きたいんだけど、止しとくよ。友造とあたしの立場は違うんでね。あたしがそこまで出張ったのでは、江戸一がなんと思うか……。あたしはあくまでも一歩下がったところで、成り行きを見させてもらうことにするよ」

友七も正蔵も、納得したとばかりに頷く。

が、友七は改まったようにお葉を見ると、おっ、これで良かったんだよな？　と訊ねた。

「これで良かったって、何が？」

「いや、正な話、少しばかり忸怩とした想いがしてよ……。俺が差出したばかりに伏見屋が生命を縮めたんじゃなかろうかと思うと、どこかしら切なくてよ」

「親分の口からお加代の死を伝えたことを言ってるのかえ？　何を言うのかと思った

ら……。そんなことがあるわけがない！　康右衛門さんはお加代の消息が判ったことで、これでもう思い残すことはない、一時も早くお加代の傍に行ってやりたいと思い、死んでいったんだからね……。むしろ、親分に手を合わせているんじゃないかえ？　あたしはそう信じているからね」

「そうけえ……。そう思ってくれるかよ。やれ、これで安堵した……」

友七が肩息を吐く。

お葉はしんみりとした空気を払うように、話題を元に戻した。

「それでさ、祝膳のことなんだけどさ！　茶の間や奥の部屋の襖をすべて取っ払ってしまえば、三十人は入るだろ？　店衆には食間で弁当を振る舞うことにして、料理は千草の花の板さんがここに来て作ってくれるし、うちの女衆も手伝えばなんとか熟せると思ってさ……。正蔵、おはま、祝膳に呼びたい人がいれば、書き出しておいてくれないかえ」

正蔵とおはまが戸惑ったように、顔を見合わせる。

「呼びたい人って……」

「急に言われてもね……」

すると、いつの間に手習指南所から戻って来たのか、清太郎が大声を上げる。

「おいら、呼びたい人がいるよ！」

「まあ、おまえ、いつ戻って来たんだえ？」

「清坊ったら、驚いちまったじゃないか！　それで、誰を呼びたいって？」

おはまがそう訊ねると、清太郎は仕こなし顔をした。

「決まってるじゃないか！　敬ちゃんだよ」

石鍋敬吾のことを言っているのである。

ああ……、と全員が納得する。

「てこたァ、石鍋さまも呼ばなきゃなんねえだろ？　おっ、添島さまはどうする？　おちょうが餓鬼の頃、熱を出したといっては世話になったんだ、呼ばねえわけにはいかねえだろう？　そうだ！　おてるも呼ばなきゃ……。それに、おさとに靖吉、望月さまはどうするかよ？」

「望月さまねえ……。望月さまのところまで広げることはないんじゃないかえ？　友さんとおちょうに関わりがある者だけでいいと思うよ」

おはまが異を唱えると、正蔵がカッと目を剝く。

「まったく、おまえって女ごは！　俺の言うことにいちいちケチをつけやがるんだから……」

お葉は堪りかね、甲張ったように鳴り立てた。

「お止しよ！ どうして二人は寄ると触るといつもこうなのさ……。解った、解った！ すべて、あたしに委せてもらおうじゃないか。いいね？」

「へい……」

正蔵とおはまは潮垂れ、面目なさそうな顔をした。

萩乃が母屋の玄関口を潜ると、気配を察して奥から出て来たお端女のお朔が、気遣わしそうに眉根を寄せた。

「内儀さん、どうなさいました？ お顔の色が優れませんが……」

「なんでもありません。それより、お多代はいますか？」

「ええ、現在、坊ちゃまに夕餉を食べさせていらっしゃいますが……」

「では、それはおまえが代わって、お多代にあたしの部屋まで来るように伝えて下さいな」

「畏まりました。でも、夕餉はどうなさいます？ 旦那さまが食間でお待ちですが

「……」

「すぐに参りますので、旦那さまには先に召し上がってもらいなさい」

「はい」

お朔が食間に戻って行く。

萩乃は肩息を吐くと、茶の間の奥にある自室へと向かった。

ここ木場の材木商滝匠の母屋では、今まさに、家人の夕餉が始まったばかりのところのようである。

おそらく、姑のお胤は萩乃の帰宅が遅いのに気を苛っていたに違いない。

そして、亭主の貴之助はといえば、いつものように、お胤の顔色を窺い気を揉んでいるのであろう。

そうは解っていても、現在の萩乃は不安を抱えたまま、何事もなかったかのような顔をして食間に入って行けない。

萩乃は部屋に入ると、腰砕けしたようにすとんと畳に膝をついた。

四畳半のこの部屋には簞笥や長持、鏡台があり、萩乃が化粧の間として使っている。

つまり、滝匠において、唯一、萩乃が自由に使える部屋といってよいだろう。

「お呼びでしょうか？」

廊下から声がかかり、婆やのお多代がするりと障子を開けた。

「いいから、中にお入り！」

勘のよいお多代は萩乃に何事か起きたと察したようで、背後を振り返ると、そろりと中に入って来た。

「お嬢さま、どうなさいました？ お顔が真っ青ではないですか……」

お多代が萩乃のことをお嬢さまと呼ぶのは、滝匠に嫁ぐに当たり実家の木津屋から連れて来たからであるが、目端の利くお多代は人前では決してお嬢さまとは呼ばなかった。

「おまえ、五年前、あたしが酔っ払いに絡まれたところを職人風の男が助けてくれたことを憶えているよね？」

「ええ、なんでも、棒鱈（泥酔した）になった太鼓持ちが匕首を振り回したのを見て、懼れをなしたお嬢さまが逃げ帰ったってことがありましたよね」

「あのとき、あたしはただただ怖くて、助けに入った男がどうなったのか知ろうともせずに逃げ出しちまったのだけど、あとで番頭に調べさせたら、助けに入った男が太鼓持ちのお腹を刺してしまったとかで、お白洲で調べを受けた後、八丈島に遠島になったとか……。そんな莫迦なことって！　あのとき、その男はあたしを助けようとして間に入り、匕首を振り回したのは太鼓持ちのほうなのに、たとえ太鼓持ちに怪我をさせたにしても、何ゆえ、その男だけが罰せられなければならないのか……。あたし、お上になんとしてでも訴え出ると言ったのに、おとっつァんもおっかさんも、そう、おまえまでがそうはさせてくれなかった……」

「だって、それは滝匠との縁組を控えていたからではないですか……。滝匠はなんといっても大店中の大店ですからね。こんなによい縁組を控えているというのに、太鼓持ちなんかに手込めにされかかったと噂が立てばどうなると思います？　あのとき、木津屋ではどうしても滝匠との縁組を纏めなければならない理由があったのですもの、仕方がないではないですか……」

「解ってます。解ってるけど、あたしのためにあの男が島送りになるなんて……。あれから、あたしがどれだけ良心の呵責に苛まれたか……。けど、おとっつァんたちは平気平左衛門で、あたしがあの男の素性を調べてくれ、残された身寄りがいるのならば、何かしてあげてほしいと頼んでも、忘れることだ、のひと言で片づけてしまわれた……。あれから五年……。あのとき、あたしはあれほど良心の呵責に苛まれたというのに、いつしか、そんなことがあったということすら忘れかけちまって……」

「仕方がありませんわ。お嬢さまは滝匠の内儀となられ、今や、祐輔坊ちゃまのおっかさんなんですもの……。けど、なんでそんな話をされるのですか？」

お多代が怪訝そうに萩乃を見る。

「それがね……。活け花からの帰り道、その男に逢っちまったんだよ」

えっと、お多代が目を瞠る。

「じゃ、島から戻っていたと……。それで、その男はお嬢さまに気がつきましたの？」

萩乃が辛そうに眉根を寄せる。

「気づくも何も……。その男ね、目が見えないみたいだったの。十七、八歳の娘に手を引かれてね。見ていて痛々しいほどだった……」

「人違いなんじゃないですか？　だって、お嬢さまを助けた男は目が見えてたんでしよう？」

「それはそうなんだけど……。いいえ、見間違いなんかじゃないわ！　あれは、確かにあのときの男……」

「では、島流しになってから失明したと……。ああ、そうかもしれませんね。それで、ご赦免になったとも考えられますからね……。けど、仮にそうだとしても、相手は目が見えないのだから、名乗り出ない限り、お嬢さまがあのときの女ごとは気づきませんよ」

お多代の言葉に、萩乃がきっと睨みつける。

「おまえ、よくそんなことが言えるね？　島流しになってから失明したのだとしたら尚のこと、あたしは居たたまれない！　あたしのせいでそんなことになったのよ？　それなのに、気づかれなかったらそれでいいなんて……」

「では、どうなさりたいというのですか？　第一、その男がどこの誰かも判らないのですからね」

お多代が困じ果てた顔をする。

「今日、あの男に出逢ったのが一の鳥居の近く……。きっと、あの界隈に住んでいると思うの。だから、見世の男衆に探らせるのよ。十七、八歳の娘に手を引かれた、目の見えない四十路半ばの男と言えば、手掛かりになるかもしれない……」

お多代の顔からさっと色が失せる。

「滅相もない！　そんなことが出来るわけがありません。そんなことをしたのでは、せっかく五年前に隠し通した甲斐がないではないですか！　旦那さまやご隠居さまの耳に入れば、何ゆえ、婚礼前に言わずに現在になって言うのかとお怒りを買ってしまいます。鶴亀鶴亀……。莫迦なことは決してなさいませんように……」

萩乃は首を振った。

「駄目よ！　なかったことには出来ない……。その男に逢って、あのときの礼と詫びを言い、是非にも罪滅ぼしさせてほしいと頭を下げなければ気が済まない……。そうだわ！　お多代、明日にでも木津屋に行って、おとっつァんにあたしの気持を伝えて下さいな……。あの男のことを探るのは木津屋の男衆にさせればいいんだわ！　それなら、滝匠に話さなくても済みますもの……。ねっ、良い考えと思わないかえ？」

お多代が目をまじくじさせる。

「ええ、そりゃまっ……。滝匠の男衆に探らせるより、木津屋の男衆のほうがよいに決まってますけどね……。それで、その男を捜し当て、それからどうしようと……」

「決まってるじゃないか！　ただただ、ひたすら謝るのみ……。だって、あたしがあのとき勇気を出して奉行所に本当のことを話していたら、あの男は八丈島に遠島とならず、もっと軽い刑で済んだかもしれないんだもの……。ううん、それどころか、あたしを手込めにしようとした太鼓持ちに罰が下っていたかもしれないのよ？　そう思うと、じっとなんてしていられないわ」

お多代はふうと太息を吐いた。

「解りました。お嬢さまがしたいようになさって下さいませ。及ばずながら、このお多代が力になりましょうぞ！　では、早速、明日にでも木津屋に行って参りましょう。けれども、旦那さまがなんと言われるか……。寝た子を起こすようなことをしてはならないと叱られそうな気がしますが……」

「いいの。あたしがおとっつァん宛に文を認めておくから……。あたしの気持を正直に書き綴り、木津屋があの男のことを探ってくれないのであれば、あたしの口から何もかもを滝匠の旦那さまやお義母さまに話すと言えば、懼れをなして慌てて木津屋の男衆を動かしてくれるでしょうよ」

萩乃がそう言うと、お多代は苦笑いした。

「まったく、お嬢さまにかかっては……」

と、そのとき、廊下から声がかかった。

「内儀さん、お多代さん、何をしておいでなので？　ご隠居さまが早く呼んでこいとおっしゃっていますんで、どうか食間にお越しを……」

お朔の声である。

萩乃はお多代に肩を竦めて見せた。

そうして、唇に指を当て、目まじする。

このことは貴之助やお胤には内緒という意味なのであろう。

食間に入ると、お胤はじろりと萩乃に目をやり、わざとらしく咳を打った。

「こんな時刻まで何をしておられたのかえ？　稽古に行くなとは言いません。だが、おまえは滝匠の嫁ということと、祐輔の母親ということを忘れているのではありませんか？　まだ頑是ない子をお端女に委せっぱなしで、可哀相だと思わないのですか？」

「申し訳ありません」

萩乃が恐縮したように頭を下げる。

帰宅したばかりのときは恐慌を来し胸の内に大風が吹いていたが、お多代に打ち明けてしまってからは妙に腹が据わり、お胤の嫌味もさらりと聞き流せる。

と言うか、お胤に苦言を呈されるのは日常茶飯事で、嫁いだばかりの頃はいちいち胸を痛めていたが、祐輔を産んでからは柳に風……。

「しかも、やっと帰って来たかと思うと、お多代を連れて化粧部屋に籠もってしまうなんて……。何をこそこそと！　あたしや貴之助の前では話せない秘密事でもあるというのですか！」

萩乃が慌てて首を振る。

「いえ、そんなことは……。実家（さと）の母の体調が優れないと耳にしたものですから、明日にでもお多代を木津屋に遣（つか）わせようと思い、それで見舞いには何がよいかと話していましたの」

嫁いで五年にもなると、こんな万八（まんぱち）（嘘（うそ））もつるりと口を衝（つ）いて出るようになっている。

「まあ、鈴乃（すずの）さんが……。それはいけないこと……。で、どこがお悪いの？」

「いえ、大した病（やまい）ではなく、母も五十路（いそじ）近くになりましたからね。おそらく、血の道ではないかと……」

お胤は眉根を寄せた。

「血の道……。それはそれは……。あたしも数年前に味わいましたが、医者から病ではないと言われても、あれほど辛いものはないからね……。ところが、他人（ひと）の目には横着（おうちゃく）をしているとしか映（うつ）らない……。鈴乃さんに大事にするように伝えて下さいな。そうだわ！　見舞いに水菓子（みずがし）（果物）でも持って行くといいでしょう」

「有難うございます。では、そのようにさせてもらいます」

萩乃の胸がちかりと疼いた。

ごめんね、おっかさんが血の道だなんて嘘を吐いちまって……。

そうだ、おとっつァんへの文に、口裏を合わせるように、と一筆つけ加えなければ……。

「おまえさま、遅くなって済みませんでした」

萩乃が貴之助に頭を下げる。

「ああ……」

貴之助は無愛想に答えた。

まったく以て、愛想のひとつも言えない面白みのない男である。

「祐坊、偉いこと！　お魚を残さずに食べられたのですね」

萩乃が祐輔に微笑みかける。

「うん。お代わりもちたよ……」

三歳の祐輔はまだ言葉は拙いが、この子がいてくれるからお胤の嫌味に耐えられ、
貴之助の味も素っ気もない態度にも辛抱できるというもの……。

お朔が萩乃の膳に汁椀を置く。

「今宵は鯛の潮汁にしましたの。沢山ありますので、お代わりをなさって下さいませ」

「ああ、有難う」

すると、貴之助がすっと立ち上がった。

「おや、もういいのかえ?」

お胤が訊ねると、貴之助は、出掛けて来る、とぼそりと呟いた。

「この頃うち、毎晩出掛けているようだが……」

「寄合だよ」

「そうかえ、ご苦労さん」

貴之助が食間を出て行く。

こんな場合、先には萩乃も玄関先まで見送りに出ていたが、此の中、素知らぬ顔をして遣り過ごすようになっている。

毎晩のように寄合があるわけでもなく、四ツ(午後十時)過ぎになって酒の臭いをさせて戻って来る貴之助に女ごがいることは、萩乃も薄々気づいていた。

が、それがどうだというのだろう。

萩乃は肝精を焼く(嫉妬する)気にもなれない自分にそそ髪が立つ。

元々惚れて一緒になった相手ではなく、所帯を持ってからも一度として夫婦らしい会話をしたことがなく、閨でのこともまるでそれがお務めでもあるかのようにおざなりで、先つ頃はそれもない。

いいさ、祐輔がいれば……。

萩乃はそう思っていたのである。

お胤はお多代に祐輔を居間に連れて行くように目まじすると、改まったように萩乃を見た。

「此の中、貴之助に変わったところはないかえ？」

「と言いますと……」

「だから、こう毎晩のように出掛けることに、おまえは何も思っていないのかってことなんだよ」

「寄合だと言っていましたが……」

萩乃がそう言うと、お胤は呆れ返ったような顔をした。

「それをおまえは信じているのですか！」

「信じるも何も、旦那さまがそう言われるのですから……」

「てんごうを！　女ご……、女ごがいるに決まってますよ。女房なら、そのくらいのことは察しなければ……」

お胤は気を苛ったように言った。

「旦那さまに女ごがいたとして、お義母さまはあたしにどうしろとお言いなので？」

「……………」

お胤は啞然とした。

「よくもまあ、そう平然とした顔をしていられるものよ……。いえ、いいんですよ。おまえがそれで平気だというのであれば、あたしは何も言うことはありませんからね。むしろ、妬心を抱いてギャアギャア騒がれるよりいいかもしれない……。いえね、現在だから言いますが、死んだあたしの亭主もびり沙汰（女性問題）が絶えなくてね……。木場の男は皆そうです。何しろ、すぐ傍に遊里がわんさか控えているのですからね。内儀の中には亭主のびり出入に柳眉を逆立て、縁を切るの切らないのと大騒ぎする者もいるようだが、亭主なんてものは子供と同じでね……。そのうち飽きたら女房の許に戻って来るものです。だから、あたしは亭主のしたいようにやらせていましたよ。商いに手を抜かなければいいんだからね。けど、どうやら、おまえにもそれが解っているようなので、あたしも安堵しましたよ。ただね、時折、優しい言葉をかけてやっておくれでないか……。そうすれば、本木に優る末木なしといってね、貴之助の心もおまえの許に戻って来るだろうからさ……」

「……」

お胤は仕こなし振りに、片目を瞑ってみせた。

「はい」

萩乃は素直に頷いた。

が、胸の内では可笑しくて堪らない。

あたし、別にあの男が何をしようと構わないのに……。

それより何より、目の見えないあの男のことが気にかかる。

なんて名なんだろう……。

一緒にいた女ごは、あの男の娘なのだろうか……。

だとすれば、ああ、あたしはなんてことをしてしまったのだろう。

人一人、いや、女房、子がいるとすれば、何人もの身の有りつきを狂わせてしまったのであるから……。

「どうしたえ？　青い顔をして……。ああ、やはり、貴之助のことを気にしているんだね？　ごめんよ、許してやっておくれ！」

お胤が気を兼ねたように言う。

いや、そうではないのだ、と言えたらどんなによいか……。

萩乃は挙措を失い、お胤を見た。

お朔が茶を運んで来る。

「有難う。お茶は居間で頂くわ。運んで下さいな」

「はい、ただいま……」

萩乃はお胤に視線を移すと、

「お先に失礼します。今宵は少し疲れたので、早めに休ませてもらいますが宜しいでしょうか？」

と言った。

「ああ、構わないよ。貴之助の帰りを待つことはない。実家のおっかさんのことや亭主のことで気懸かりなことが多かろうが、祐輔のためにもしっかりしなくてはね……。さっ、早くお休みなさい」

萩乃はお胤に会釈すると、食間を後にした。

少しばかり後ろめたい気がしないでもないが、どうやらお胤が誤解してくれているようなのが、むしろ有難い。

萩乃は肩息を吐くと、祐輔の待つ居間へと急いだ。

それから三日後のことである。

この日は富岡八幡宮の祭礼とあって、川並（筏師）の晴れの舞台でもあった。

材木商滝匠からも何人もの川並が駆り出され、萩乃が祐輔を連れて角乗見物に出掛けようとしたところに、お多代が木津屋から遣いが来たと知らせに来た。

「どうします？　いっそ、表で話されたほうがよいのではありませんか」

お多代が居間のほうを窺いながら、萩乃の耳許で囁いた。

萩乃もちらと居間に目をやると、そのほうがいいだろうね、と呟く。

表でなら、お胤の目を意識しなくてよいし、傍目にも単なる角乗見物と映るであろう。

「木津屋からは誰が来ているの？」

「それが、番頭の金造さんで……。なんでも、大番頭さんが来ると言われたらしいのですが、それでは滝匠に何事かと思われてもいけないので、それで金造さんが……」

「解りました。では、お義母さまに声をかけてきますので、おまえは祐輔を連れて先に出ていておくれ」

萩乃はそう言うと居間に戻り、襖の外から声をかけた。

「お義母さま、祐輔を角乗見物に連れて行きますが、宜しいでしょうか？」

「ああ、行っといで！　あまり遠くに行くのじゃないよ」

「はい。半刻（約一時間）ほどで戻って来ますので……」

そうして裏口から表に出ると、木津屋の印半纏を纏った金造が、お多代と立ち話をしていた。

金造が萩乃をみると、懐かしそうに頰を弛める。

「これは、お嬢さん……」

「莫迦だね！　もうお嬢さまじゃなく内儀さんなんだから、内儀さんとお呼びよ」

お多代は自分のことは棚に上げ、金造をちょっくら返した。

「見世の者が聞いているわけでもないし、どっちでも構わないさ。さっ、堀割のほうに行きましょうか」

萩乃はそう言うと、幾重にも並ぶ堀割へと歩いて行った。

堀の周囲には人溜が出来ていて、葛西囃子が鳴り響いている。

角乗は、川並が角材を鳶口ひとつで乗りこなし、筏に組んでいくことから生まれた見せ物で、地乗り、相乗り、唐笠乗り、扇子乗り、駒下駄乗り、川蟬乗り、一本乗り、梯子乗りといろいろあって、現在は川蟬乗りの真っ最中……。

川並が子供を肩車して角材に乗るのだが、その恰好が川蟬に似ているところから川蟬乗りと呼ばれ、演技の頃合を見て肩に乗った子が川に飛び込み、水中でひょっとこのお面を被って出て来るや、再び角材に乗って馬鹿踊りをする。

梯子乗り、駒下駄乗りに次いで人気のある見せ物であった。

が、なんと言っても、八幡祭の目玉は神輿担ぎに辰巳芸者の手古舞であろうか……。

男髷に台附の長襦袢を片肌脱ぎにして、肩抜き染の上着に裁着、草鞋履きといった男装で、神輿の先頭に立ち木遣りに合わせて練り歩くのだった。

祐輔が人溜に向けて駆け出そうとする。

「お多代、祐輔を抱いて先に行っておくれ！」

萩乃はそう言うと、陽射しを避けて木陰に入った。

「それで、何か判ったのかえ？」

萩乃が金造を瞠める。

「へい、判りやした……。その男は伊佐治という名で、元は瓦職人だったとか……。五年前、伊佐治が棟上げの祝酒でほろ酔い気分で黒船橋付近を歩いていたところ、どろけん（泥酔）になった太鼓持ちが町娘を出逢茶屋に引き込もうとしていたのに出会し、止めに入った……。するてェと、逆上した太鼓持ちが懐から匕首を取り出したもんだから、伊佐治が匕首を奪おうとして過って太鼓持ちの腹を刺しちまった……。この町娘というのがお嬢さんで、お嬢さんは豆太、いや、豆太というのが太鼓持ちのことなんでやすがね……。お嬢さんは豆太が匕首を取り出したのを見て、怖くなってその場から逃げ出した……。ねっ、そうでやすよね？」

「ええ、あたしさえもっとしっかりしていたら……。あたしが逃げ帰ったばかりに、伊佐治さん一人が悪者にされたのですもの……」

「確かに、そうだったかもしれやせん……。豆太はお白洲で、伊佐治が女連れの自分をやっかみ、いきなり因縁をつけてきて、有無を言わさず匕首でぶすりとやった、と言ったといいやすからね……。唯一、真実を証明してくれるお嬢さんが姿を消しちまったのだから、伊佐治には申し開きが出来ねえ……。何しろ、豆太は男芸者で口鉾（饒舌）にかけては誰にも引けを取らねえ……。一方、伊佐治は元々口下手なうえに、豆太を刺したという事実は覆せねえ……。結句、喧嘩両成敗であるところが、伊佐治だけがお咎めを受けることになり、八丈島に遠島となった……」

金造が蕗味噌を嘗めたような（苦々しい）顔をする。

「だから、あたし、奉行所に本当のことを話すとおとっつァんに言ったのよ。それなのに、皆して、そんなことをしては駄目だと止めたんだもの……。そりゃね、滝匠との縁組が迫っていて、あたしにだって、あの頃の木津屋には滝匠からの結納金がお店を助けることになると解っていた……。けど、そのためにあの男が島送りになるなんて……。それで、あの男に身内はいたの？　この前、あたしが見たのは娘なんでしょ？」

「ええ。伊佐治の娘でした。名前はみすず……。現在十七歳というから、当時は十二歳だったのでやしょう。可哀相に、その歳で病弱な母親の世話をして、子供に出来ることならなんでも熟し、父親の留守を護っていたそうなんだが、その母親が一昨年亡くなった……。と言っても、これが病死ではなく、喉に包丁を突き刺し自ら生命を絶ったというのだから、これほど悲惨なことはねえ……。しかも、使い走りから戻ったみすずがそれを見て、母親の喉から包丁を引き抜いたというのだから、あっしにゃなんと言ってよいのか……」

萩乃が唇まで蒼くして、わなわなと身体を顫わせる。

「十二歳の娘が母親の喉から包丁を……。ああ……」

「みすずは母親を殺したのは自分なのじゃなかろうかと、しばらく思い屈していたそうで……。と言うのも、みすずが包丁を引き抜くまで、母親にはまだ息があり、抜いた途端、血が噴き出したといいやすからね……。周囲の者がおめえが殺めたわけじゃねえ、おっかさんはおめえが包丁を抜かずとも、いずれ息絶えていたんだからと宥め、やっと気を鎮めてくれたそうだが、おっかさんの死がみすずに暝ェ影を落としたことは否めねえからよ……」

「それで、その娘はどうなったの？　だって、おとっつァんは島送りになり、おっかさんまでが死んじまったんだろう？　いくらしっかり者といっても、たった一人で生きていけない……」

「ええ、そこで手を差し伸べたのが黒江町の日々堂で、あそこは便り屋の他に口入業をしているものだから、住み込みで雇ってくれる見世ってことで、熊井町の小料理屋千草の花に小女として入れたそうな……。ところが、みすずの生い立ちにいたく同情した千草の花の女将が、みすずを養女に引き取ったというから驚き桃の木……」

「養女に？　まあ、それは良かった……。で、それはいつのことなの？」

「去年の二月といいやすから、みすずが千草の花に小女として入って二月後のこと……。よっぽど女将はみすずが気に入ったのでしょうな。あっしは千草の花を訪ね、女将からいろいろと話を聞きやした……。女将が言ってやしたぜ。みすずのことが実の娘のように思える、先々、見世を託(たく)してもよいと思ってると……。ところが、今年の四月になって、伊佐治がご赦免になり島から戻って来ることになった……」

「じゃ、伊佐治さんが江戸に戻って来たのは、この四月のこと……。それまで父娘(おやこ)の間で文の遣り取りはなかったのかしら？」

「それが、みすずを千草の花の養女にするに当たって、間に入(へえ)った蛤町の親分が了解するかどうか便りを出したそうだが、役人を通じて宜しく頼むと言ってきただけだとか……。思うに、当人も周囲(まわり)の者も、誰一人として、まさか伊佐治がこんなに早くご赦免になるとは思っていなかった……。ところが、蓋(ふた)を開けてびっくり……。永代橋まで迎えに出たみすずと親分は凍(こお)りついたそうで……」

「伊佐治さんの目が見えなかったんだね？」

　金造は仕こなし顔に頷いた。

「千草の花の女将が言ってやしたぜ。お上は伊佐治の目が見えなくなったもんだから、厄介払いをするつもりで、恩赦(おんしゃ)と体(てい)のよい理屈をつけて島から追っ払ったのだろうと……。ところが、みすずという娘(こ)はなんて心根(こころね)の優しい娘(こ)か！　伊佐治は島に渡って篠笛を吹くことを覚えたそうで、女将が言うには、それも素人芸じゃねえほどの腕だとかで、目の見えなくなった伊佐治に今後はお座敷で披露してはどうかという話が出ると、みすずがこれからは自分がおとっつァんの目となり、お座敷に付き添うと言い切ったといいやすからね」

萩乃の眼窩に、伊佐治の手を引くみすずの姿が甦る。

「ああ、それであのとき……。では、あれは次のお座敷に行く途中だったんだね。なんていじらしいんだろう……。それを聞いたら、ますます居たたまれなくなっちまったじゃないか……。あたしのせいで、あの父娘をそんな境遇に追いやっちまったんだもの……」

「お嬢さんのせいといっても、伊佐治が失明したのは島での喧嘩が原因で、それはお嬢さんのせいじゃねえ……」

「喧嘩が原因……。何故、喧嘩しただけで目が見えなくなるのさ」

「さあて……。あっしには詳しいことまで解りやせんが、なんでも頭を強打されたそうで、医者の話ではたまにそういうことがあるのだとか……」

「ああ……、やっぱり、あたしのせいなんだ！　流人同士の喧嘩といっても、伊佐治さんが島流しにならなければ、そんなことにはならなかったのだもの……。金造、あたしはどうしたらいいのだろう」

萩乃が途方に暮れた顔をする。

「じゃ、ここから先は木津屋の旦那から言付かったことを言いやすからね……。旦那はお嬢さんは何も気にすることはない、伊佐治への詫びと見舞いは木津屋でやってく、お嬢さんはこの件には一切関わりがないということで徹すようにと……」

「あたしが関わりがないとは、そんな莫迦な！　何もかも、あたしが原因で起きたことではないですか……」

萩乃が悲痛の声を出す。

金造は、しっ、と唇に指を当て、四囲を見廻した。

が、誰も木陰の二人に気を留めていない。

今まさに、角乗は大団円を迎えているようである。

「お嬢さんの気持は解りやす。ですが、ここはひとつ、旦那さまの言われるとおりにして下せえ。決して、悪いようにはしやせんので……。旦那さまは見舞金として、かなりの額を考えておられるようでやすんで……」

金造が諭すように言う。

「金で済ませるというのですか！　あたしに勇気がなかったばかりに、あの父娘の身の有りつきが変わったというのに、あたしが罰を受けないなんて……」

「いけません！　お嬢さんが罰を受けて、一体誰が得をするというのです？　伊佐治もみすずも得するどころか、むしろ、哀しみやすぜ。それに、滝匠がそんなことを許すと思いやすか？　下手をすれば、これまで隠してきたことで責めを負わされるかもしれねえ……。そんなことにでもなったら、お嬢さんはよくても、祐輔坊ちゃんはどうなりやす？　坊ちゃんのためにも、ここは泰然と構えていて下せえ……。それでなきゃ、あっしが今日ここに来た甲斐がねえ！　本当のことを知らせなきゃお嬢さんがますます騒ぐだろうからと、あっしは旦那さまからなんとか納得させてほしいと頼まれて来たんでやすからね……。いいですか、この件は木津屋に委せると約束して下せえやすね？」

金造が萩乃を見据える。

そこに、お多代が祐輔を抱いて戻って来た。

「話は済んだ……。お多代さんからもお嬢さんによく言って聞かせてくんな！　伊佐治とみすずのことを詮索しちゃならねえと……」

金造がお多代に目弾をする。

「ああ、解ったよ。大丈夫、あたしが傍にいるんだもの、莫迦な真似はさせませんよ！」

「じゃ、あっしはこれで……。祐坊、達者でな！　そうだ、木津屋の内儀さんがたまには孫の顔を見せに戻って来いと……。と言っても、滝匠がいい顔をしねえんだろうな。フン、少しばかりうちより見世の構えが大きいと思って、偉そうに！　いけねえ……。さっ、帰るとしようか」

金造が片手を挙げて去って行く。

萩乃はどこかしら吹っ切れない想いで、その背を見送った。

「貴之助は今宵も寄合かえ？」

お胤が赤飯を頬張りながら言う。

「ええ、今宵は八幡祭ですからね。確か、平清で打ち上げをするのだとか……」

「平清ねえ……。旦那衆はいい気なもんだよ。女房、子はこうして祭の祝膳に赤飯と焼鯛で済まそうというのにさァ……」

「あら、お義母さま、これだってご馳走ではないですか……。尾頭付きの鯛が食べられるのですもの、立派な祝膳ですよ」

萩乃がそう言うと、お胤は褒められたとでも思ったのか、まんざらでもなさそうな顔をした。

「そう思うだろう？　うちは祭だけは店衆に贅沢をさせてるからね……。奥向きだけでなく、店衆の賄いも今宵は赤飯に鯛の尾頭付きを出すし、酒を振る舞うことにしているからね。余所のお店を見てごらんよ。祝膳といっても、せいぜい切身がつくらいでさ！　ところで、木津屋はどうだった？」

えっと、萩乃が目を瞬く。

まさか、木津屋に矛先を向けてくるとは……。

「ええ、木津屋も鯛でしたが、一尾付けではなく切身でした」

萩乃はそう言ったが、胸がきりりと痛んだ。

と言うのも、木津屋も尾頭付きで、しかも、もう一回り大きな鯛が店衆の一人一人に出されたのである。

そればかりか、小鉢が三品……。

滝匠の煮染にお浸しの二品に比べると、一品多い。

萩乃の父親辰三郎が、せめて祭くらいはと太っ腹なところを見せ、祝酒は当然のこと、一人一人にご祝儀まで配っていたのである。

が、そんなことを言えば、お胤が機嫌を損ねるのは目に見えていた。

滝匠は常に木津屋の上でなければ気が済まないのであるから……。

「祭の祝膳が切身だとは、店衆も可哀相に……。小ぶりでもいいから、せめて一尾付けにしてやればよいものを……。それはそうと、木津屋といえば、今日、番頭が訪ねて来たそうだが……」

萩乃の胸がきやりと揺れる。

「誰からそれを……」

「番頭の滋二が木陰でおまえと木津屋の番頭がひそひそ話をしているのを見掛けたそうです。声をかけようと思ったが、何やら深刻そうな話をしているようだったので遠慮したとか……。何ゆえ、番頭が来たら来たで、堂々と奥に通さないのですか？　そんなことをされたのでは、あたしに聞かれたくない秘密事を話しているのかと、つい疑いたくなってしまうではないですか！　それに、いくら相手が実家の番頭といっても、男には違いありません！　滝匠の嫁が馴れ馴れしく余所の男と立ち話をするとは、あまり見てくれのよいものではありませんからね……。貴之助に恥をかかせるようなことはしないで下さいな！」

「申し訳ありません。偶然出逢ったものですから、つい、母の容態などを訊ねていましたので……。配慮が足りませんでした」

萩乃が頭を下げる。

その刹那、お多代の忌々しそうな顔が、目の端に飛び込んできた。

おそらく、お多代も業が煮えているのであろう。

が、お胤はつるりとした顔をして続けた。

「それで、鈴乃さんの容態はどうなのですか?」

「ええ、相も変わらず、臥しているそうで……。番頭が言うには、孫の顔でも見れば、少しは気が晴れるのではなかろうかと……」

「祐輔の? ああ、そうかもしれないね。鈴乃さんが祐輔に逢ったのは、確か、正月のこと……。すると、もう七月になるのですね? 萩乃、祐輔を連れて見舞いに行っておいで! お多代も連れて行けばよい。ねっ、そうなさいよ。鈴乃さんが悦ばれるだろうからさ!」

萩乃は信じられないといったふうに、目をまじくじさせた。

「本当にいいのですか?」

「ああ、いいともさ! 久し振りの里下りなんだから、半日ゆっくりしてくるといいさ。ただし、夕餉までにはこっちに戻って来ること……。いいね？」

「有難うございます。では、明日にでも行かせてもらいます」

「明日？　ああ、構わないよ。貴之助にはあたしから伝えておくので……」

すると、祐輔に鯛の身を選り分けていたお多代が、祐輔の奴頭をちょいとつつき、祐輔坊ちゃま、良かったですね？　明日は木津屋のお祖母さまに逢えますよ、と笑いかける。

滅多に鈴乃に逢うことのない祐輔は、どうやらピンと来ないとみえ、ほんとした顔をしている。

「木場と入舩町なんて目と鼻の先なのに、なかなか逢えなかったんだからね……。言っておくけど、あたしが実家に度々実家に顔を出すことを禁じたのは、近いからこそなのですよ。近いからといって、そう度々実家に顔を出していたのでは、世間の目にどう映るか判りませんからね……。それでなくても、あたしは気性の強い姑と噂されているようなので、滝匠の嫁姑は実の母娘のように仲がよいと世間に思わせるためにも、おまえにはあまり木津屋に出入りしてほしくないのですよ……。その点を解ってくれていますね？」

「はい、よく解っています。ですから、お稽古事に出掛けても、木津屋には寄らずに真っ直ぐに戻って来ていたのです」

「ええ、それは解っています……。けれども、此度は鈴乃さんの具合が芳しくないのだもの、顔を見せに戻ってあげるといいよ」

お胤は満足そうに食後の茶を口に含んだ。

そうして、寝所で夜具の仕度をしているときである。

蒲団を敷きに入って来たお多代が、満面に笑みを湛え頷いてみせた。

「お嬢さま、良かったですこと！　あたし、木津屋の内儀さんがどんなに悦ばれるかと思ったら、もう胸がわくわくして……」

萩乃はお多代の腕を摑むと、畳に坐らせた。

「おまえに頼みがあります……。いいかえ、明日は朝餉を済ませたらすぐに出掛けます。おまえは祐輔を連れて木津屋に行き、そこであたしが行くまで待っていて下さいな」

萩乃が真剣な眼差しでお多代を見る。

「えっ、お嬢さまは一緒ではないので？」

お多代が訝しそうな顔をする。

「少し寄り道をして、昼餉に間に合うように行きますので、おっかさんにその旨を伝えておいてもらいたいのですよ」

「寄り道って……」

萩乃は一瞬躊躇ったが、意を決したようにお多代を瞠めた。

「おまえには本当のことを言っておくことにします。明日、あたしはおまえたちと一緒に木津屋に行く振りをして出掛け、汐見橋でおまえたちと別れたら、その脚で熊井町の千草の花という小料理屋を訪ねてみることにしました」

えっと、お多代が慌てる。

「千草の花を訪ねるって、じゃ、伊佐治さんに逢うと……」

「ええ……。逢って詫びを入れないと、どうしても、あたしの気が済まないのでね」

「けど、それは木津屋の旦那さまがすると言われたのではないですか?」

「そうなんだけど、おとっつァんは金を積んで許してもらうつもりなんだよ。けど、いくら金を積まれたところで、あの父娘が受けた心の疵は拭えない……。ううん、伊佐治さんは目まで見えなくなったのだもの、身体の傷も拭えないの。だから、あたしはあの人たちの前で両手をついて謝らなければならないの。おとっつァんがそれとは別に見舞金を持って謝りに行くというのなら、それはそれでいい……。けど、あたしが謝らないでどうしようか! だから、お多代、あたしのやりたいようにさせておくれ。お願い！　おとっつァんたちには、お嬢さまはどこに行ったのか判らない、昼餉までには木津屋に行くのでそこで待っているようにと言われたのだ、とそれで徹しておくれでないか？　おとっつァんたちに本当のことを言うのは、あたしが伊佐治さんやみすずさんに逢った後……。あたしの口からちゃんと本当のことを話すから、それまではおまえは何も知らないことで徹してほしいの……。ねっ、もう二度と我儘は言わない！　これが最後と思って許しておくれ……」

萩乃は縋（すが）るような目で、お多代を瞠めた。

お多代が微苦笑（びくしょう）し、頷く。

「解りました。なんとか上手くごまかしておきましょう……。けれども、必ず、中食（ちゅうじき）までに戻って来て下さいよ。でないと、あたし、嘘を吐き徹す自信がありませんからね」

「解ったわ。必ず中食までに戻るから……。それでなきゃ、伊佐治さんたちに迷惑をかけることになる……。だって、あの人たちは午後からお座敷があるだろう？　その前に摑まえなきゃ、詫びを言う機会を逸（いっ）してしまうからさ」

萩乃がそう言うと、お多代はやっと納得したようで、目から鱗（うろこ）が落ちたといった顔をした。

熊井町の千草の花はすぐに見つかった。

が、朝が早いせいか、見世の油障子はまだ固く閉ざされている。

それもそのはず、こういった見世の口切（開店）は大概が七ツ（午後四時）過ぎ……。

一膳飯屋や煮売屋ならば中食時を目当てに四ツ半（午前十一時）頃から開いているだろうが、一見して、千草の花は乙粋な小料理屋のようである。

だが、板場はすでに動いているに違いない……。

萩乃は見世の脇の路地を覗き込んだ。

と、そのとき、水口の戸が開き、追廻らしき男が出て来た。

手に御宰籠を提げているところをみると、買物にでも行くつもりのようである。

「千草の花になんか用か？」

男が訝しそうな顔をして傍に寄って来る。

この時刻、それも商家の内儀らしき女ごが、路地の奥を窺っているのであるから、無理もない。

「こちらに伊佐治さんという方がいらっしゃいませんか?」

萩乃がそう言うと、男は目を瞬いた。

「いるけど……。おめえさん、伊佐治さんを訪ねて……。あっ、ちょいと待っててお くんなせえ!」

男は狼狽え、水口の中に駆け込んだ。

すると、しばらくして、四十路半ばの洗い髪を櫛巻きにした女ごが出て来た。

化粧っ気はないが、妙に艶っぽい。

「伊佐治さんに用だって? おまえさんは?」

「木場の材木商滝匠の内儀、萩乃といいます」

「滝匠の? ああ、あたしはここの女将で文哉というんだが、滝匠の内儀が何ゆえ伊佐治さんに逢いたいというのかえ? いや、確かにいることはいるんだが、理由を聞かない限り逢わせるわけにはいかないね。何しろ、あの男は……」

「目が不自由だとおっしゃいますのね。ええ、知っています。実は、あの方をそんな目に遭わせてしまったのは、あたしなんです……。あたし、伊佐治さんが江戸に戻って来られたことも目が不自由になられたことも、つい先日、知ったのです。けれども、知ったからにはなんとしてでもお逢いして、あのときの無礼を詫びなければと思い、不躾は重々承知のうえで、こうして訪ねて参りました」

文哉の顔にさっと緊張の色が走った。

「じゃ、おまえさんがあのときの……」

「はい。助けてもらったのに、あたしは太鼓持ちの手にした匕首を見て懼れをなし、ただただ逃げることに夢中で、その後、伊佐治さんがどうなったか顧みようとしませんでした。まさか、伊佐治さんが太鼓持ちを刺した咎で島送りになられたとは……。あたしのせいなんです！　あたしさえ勇気を出して奉行所に真実を話していたら、伊佐治さんは島送りにならなかっただろうし、目が見えなくなることもなかったのに……。今さら謝っても取り返しがつかないことは解っています。けれども、謝らないでこのまま遣り過ごすことは出来ません……。どうか、ひと目、伊佐治さんに逢わせて下さいませ！」

萩乃の目に涙が盛り上がる。

文哉は頷いた。

「そうかえ……。解ったよ。確かに、今さら頭を下げても、二度と元には戻らない。だが、謝らなければ気が済まないという、おまえさんの気持は解る……。ああ、いいとも、ついておいで！」

文哉はそう言うと、萩乃を母屋へと案内した。

母屋の玄関先に出て来たみすずは、萩乃を見て、あっ、と声を上げた。

どうやら、みすずは一の鳥居の近くで萩乃に出会したことを憶えていたようである。

「おや、顔見知りかえ？」

文哉が怪訝な顔をする。

「ううん。少し前、この女（ひと）を見たような気がしたものだから……」

萩乃は深々と頭を下げた。

「その節は失礼なことをしてしまいました。まさか、あそこで伊佐治さんに出会すとは思ってもみませんでした。それに、伊佐治さんがあたしに気づかれないので妙だなと思い、それでつい、じろじろと……」

「ああ、そういうことかえ……。仕方がないさ。おまえさんは伊佐治さんの目が見えないことを知らなかったんだからさ……。そうか、それで伊佐治さんが江戸に戻っていることを知ったというわけかえ……。さっ、上がりな！　伊佐治さんは茶の間にいるからさ」

文哉に促され、萩乃が茶の間に入って行く。

「伊佐治さん、驚くんじゃないよ。今ね、あのときおまえさんが助けた女が、ひと言、詫びを言いたいと訪ねて来てるんだよ。あたしの一存で上げちゃったけど、構わないよね？」

文哉がそう言うと、伊佐治は慌てて威儀を正した。

「あのときの……」

「はい。萩乃と申します。申し訳ありませんでした。あたし、あのとき、ただただ怖くて逃げ出してしまいました。その後、伊佐治さんがどうなったのか知ろうともしないで、我が身の保身のみ考えた卑怯者と謗られるのは覚悟しています。許して下さい。謝ったところで今さら取り返しがつかないことは解っています。けれども、謝らないことには、あたしの気持が治まりません。どうか、気の済むまであたしを成敗して下さいませ……」

萩乃は畳に額を擦りつけ詫びを入れた。

「萩乃さんとやら、どうか頭を上げて下され……。謝るも何も、おめえさんは何も悪イことをしちゃいねえ。相手は匕首を振り回したんだ、怖くなって逃げ出すのは当たり前でよ……。それに豆太から匕首を取り上げようとして、過ってあいつの腹を刺しちまったのはあっしの失態でよ……。だから、咎を受けてもしょうがねえのよ」

「違うんです！」

「違う？　何が違うのよ」

「あのとき、あたしは逃げることだけを考え、夢中で逃げました。だから、その後どうなったのか知らなかったのですが、それからしばらくして店衆が……。ああ、あたしは現在は滝匠に嫁いでいますが、当時は入船町の材木商木津屋の娘で、その木津屋の店衆が聞いてきたのです。黒船橋付近で酔っ払いに絡まれた娘を助けようとした男が、太鼓持ちの取り出した匕首を奪おうとして逆に相手の腹を刺し、大番屋送りとなったと……。あたし、そのときになって初めて、その助けられた娘というのがあたしのことだと親に打ち明けたのです。けれども、丁度その頃、あたしは滝匠との縁組を控えていたので、嫁入り前の娘がそのようないざこざに巻き込まれたことを先方に知られると、せっかく纏まった縁談が流れてしまうかもしれない、世間にはその娘がおまえだと知られていないのだから、黙っているように、と親から説得されました……。まさか、伊佐治さんに島送りという重罪が科せられるとは思ってもいなかったのでしょう。それなのに、伊佐治さんだけがお咎めを受け、太鼓持ちがお構いなしになったとは……」

「ああ、それはさァ……」

文哉が割って入る。

「おまえさんにはいささか酷な話かもしれないが、本当のことを知っておいたほうがよいと思うから話すが、豆太って男は強かな男でさ……。お白洲で、地娘（素人娘）とは話がついていて、二人が手に手を取り合い出逢茶屋に入ろうとしていたところに、いきなり、伊佐治に因縁をつけられたと、まるで自分が被害者のような言い方をしたんだよ……。それで、豆太はお構いなし……。割を食ったのは伊佐治さんでさ。おまえさんが名乗り出て本当のことを話してくれなかったばかりに、八丈島に遠島となったんだよ」

「ごめんなさい……。申し訳ありませんでした。おとっつァんたちに何を言われようと、あのとき、あたしが伊佐治さんに非がないことを話すべきでした……」

萩乃が肩を顫わせる。

「もういいってことよ……。嫁入り前の娘にケチがつかねえようにと思う親心も解るからよ。そのお陰で、滝匠という大店の嫁になれたのだ。おめえさん、現在、幸せなんだろう？」

伊佐治が見えない目で、萩乃を見ようとする。

「………」

萩乃には答えることが出来なかった。

「お子は？」

文哉が訊ねる。

「一人います」

「へえェ、幾つなのかえ？」

「三歳です。男の子なので、やんちゃで……」

「ほう、男の子か……。そりゃ、滝匠も跡継に恵まれて悦んでいるだろうて……」

伊佐治はそう言ったが、次の瞬間、うむっと顔を顰めた。

「どうした？　おめえ、何か胸に蟠りを抱えているんじゃ……」

「いえ、何も……」

萩乃は挙措を失った。

目の見えない伊佐治に、胸の内を見透かされてしまったように思ったのである。

おめえさん、現在、幸せなんだろう？

幸せであるはずがない……。

女房のことなどまるきり関心を払おうとしない貴之助に、何かと言えば、滝匠と木津屋では格が違う、もっと滝匠の嫁としての品格を保て、と口煩く小言を言うお胤……。

元々、滝匠のご隠居は気位が高く、気の勝った女ごだと聞いていたし、一人息子の貴之助は母親に頭が上がらず、その鬱積を晴らすかのようにびり出入が絶えないという噂があるのを、萩乃は知っていたのである。

ところが、結納に百両もの金を積まれたのでは、当時、左前となっていた木津屋には断れなかった。

萩乃にもそのことが解っていただけに、父親の言いつけに従うよりほかなかったのである。

が、祝言の日が迫るにつれ、萩乃の胸は重く塞ぐようになった。
檻にでも閉じ込められるように感じたのである。

どろけんとなった豆太に耳許で囁かれたのは、そんなときだった。

「ねえさん、可愛い顔をしてるじゃねえか！　どうでェ、ちょいとそこら辺りで一杯つき合わねえか？　おめえ、幇間って知ってるか？　何を隠そう、おいらがその幇間でよ……。お座敷で面白おかしく芸を披露したり、座を盛り上げるのよ。すたすた坊主なんてお手のもんでよ！　なんなら、見せてやってもいいぜ。ほれ、そこ！　そこの茶屋に入ろうじゃねえか……」

豆太が萩乃の手を摑み、強引に出逢茶屋に引き込もうとしたのである。

萩乃は手を振り払おうとした。

と、そのとき、たまたま向かいから歩いてきた伊佐治が、萩乃が抗っていると見るや、間に割って入ってくれたのである。

が、正直に言えば、あのとき萩乃は豆太の誘惑に一瞬だけ心が動いた。

幇間って……、えっ、すたすた坊主って……。

滝匠に嫁ぐことで気が塞いでいただけに、猪牙がかった（軽々しい）豆太の言葉に心が動いたのである。

とは言え、決して、豆太の言いなりに出逢茶屋には入らなかったであろう。

だが、萩乃は一瞬動いた自分のその心が許せない。

自分に隙がなかったならば、豆太は声をかけてこなかったであろうし、そうすれば、伊佐治が豆太を刺すようなこともなかったはず……。

そう思うと、萩乃はどうしても自分を許すことが出来なかった。

萩乃の目からはらはらと涙が零れる。

「おまえさん、どうしたえ……」

文哉とみすずが驚いたように顔を見合わせる。

「どうやら、おめえさん、胸に何か抱えていなさるようだな……。あっしにゃ見える……。だがよ、おめえさんには坊がいる。坊のためにも強く生きるんだな……」

伊佐治はそう言うと、傍に置いた篠笛を手にした。

ヒュウルル、ヒュウ……。

物寂しい音色を奏でる伊佐治……。

女房、娘を偲び、胸に巣くった想いを馳せて作った、雁が音の澄んだ音……。

萩乃は肩を顫わせ、両手で顔を覆った。

忘憂草

一〇〇字書評

切り取り線

購買動機（新聞、雑誌名を記入するか、あるいは○をつけてください）

□（　　　　　　　　　　　）の広告を見て	
□（　　　　　　　　　　　）の書評を見て	
□ 知人のすすめで	□ タイトルに惹かれて
□ カバーが良かったから	□ 内容が面白そうだから
□ 好きな作家だから	□ 好きな分野の本だから

・最近、最も感銘を受けた作品名をお書き下さい

・あなたのお好きな作家名をお書き下さい

・その他、ご要望がありましたらお書き下さい

住所	〒				
氏名		職業		年齢	
Eメール	※携帯には配信できません		新刊情報等のメール配信を 希望する・しない		

この本の感想を、編集部までお寄せいただけたらありがたく存じます。今後の企画の参考にさせていただきます。Eメールでも結構です。

いただいた「一〇〇字書評」は、新聞・雑誌等に紹介させていただくことがあります。その場合はお礼として特製図書カードを差し上げます。

前ページの原稿用紙に書評をお書きの上、切り取り、左記までお送り下さい。宛先の住所は不要です。

なお、ご記入いただいたお名前、ご住所等は、書評紹介の事前了解、謝礼のお届けのためだけに利用し、そのほかの目的のために利用することはありません。

〒一〇一-八七〇一
祥伝社文庫編集長　坂口芳和
電話　〇三（三二六五）二〇八〇

祥伝社ホームページの「ブックレビュー」からも、書き込めます。

http://www.shodensha.co.jp/bookreview/

祥伝社文庫

忘憂草（わすれぐさ） 便り屋お葉日月抄（たよりやおようじつげつしょう）

平成27年12月20日　初版第1刷発行

著　者　今井絵美子（いまいえみこ）
発行者　竹内和芳
発行所　祥伝社（しょうでんしゃ）
東京都千代田区神田神保町 3-3
〒101-8701
電話　03（3265）2081（販売部）
電話　03（3265）2080（編集部）
電話　03（3265）3622（業務部）
http://www.shodensha.co.jp/

印刷所　萩原印刷
製本所　積信堂
カバーフォーマットデザイン　中原達治

Printed in Japan ©2015, Emiko Imai　ISBN978-4-396-34170-1 C0193

祥伝社文庫の好評既刊

今井絵美子　夢おくり　便り屋お葉日月抄①

「おかっしゃい」持ち前の俠(きゃん)な心意気で邪(よこしま)な思惑を蹴散らした元辰巳芸者・お葉。だが、そこに新たな騒動が！

今井絵美子　泣きぼくろ　便り屋お葉日月抄②

父と弟を喪(うしな)ったおてるを励ますため、お葉は彼女の母に文を送るが、そこに新たな悲報が……。

今井絵美子　なごり月　便り屋お葉日月抄③

日々堂の近くに、商売敵(がたき)・便利堂(べんりどう)が。店衆(たなし)が便利堂に大怪我を負わされ、痛快な解決法を魅せるお葉！

今井絵美子　雪の声　便り屋お葉日月抄④

お美濃(みの)とお楽(らく)が心に抱えた深い傷に気づいたお葉は、一肌脱ぐことを決意するが……。〝泣ける〟時代小説。

今井絵美子　花筏　便り屋お葉日月抄⑤

悩み迷う人々を、温かく見守るお葉。深川の便り屋・日々堂で、儘(まま)ならぬ人生が交差する。

今井絵美子　紅染月(べにそめづき)　便り屋お葉日月抄⑥

友を思いやり、仲間の新たな旅立ちを祝す面々。意地を張って泣くことも、きっと人生の糧(かて)になる！

祥伝社文庫の好評既刊

祥伝社文庫の好評既刊

岡本さとる
情けの糸　取次屋栄三⑪
断絶した母子の闇を、栄三の取次が明るく照らす！　どこから読んでも面白い。これぞ読み切りシリーズの醍醐味。

岡本さとる
手習い師匠　取次屋栄三⑫
栄三が教えりゃ子供が笑う、まっすぐ育つ！　剣客にして取次屋、表の顔は手習い師匠の心温まる人生指南とは？

岡本さとる
深川慕情　取次屋栄三⑬
破落戸と行き違った栄三郎。男は居酒屋〝そめじ〟の女将お染と話していた相手だったことから……。

岡本さとる
合縁奇縁　取次屋栄三⑭
凄腕女剣士の一途な気持ちに、どう応える？　剣に生きるか、恋慕をとるか。ここは栄三、思案のしどころ！

岡本さとる
三十石船　取次屋栄三⑮
大坂の野鍛冶の家に生まれ武士に憧れた栄三郎少年が、いかにして気楽流剣客となったか。笑いと涙の浪花人情旅。

宇江佐真理
おうねぇすてぃ
文明開化の明治初期を駆け抜けた、若い男女の激しくも一途な恋……。著者、初の明治ロマン！